Michel HATON

LA PARTIE

ROMAN

Édition : BoD - Books on Demand, info@bod.fr

Impression : BoD - Books on Demand, In de Tarpen 42,
Norderstedt (Allemagne)

Impression à la demande
ISBN : 978-2-3224-8790-5
Dépôt légal : Juillet 2023

1

Strasbourg. Port autonome.

Le ciel était chargé de pluie au-dessus du Port du Rhin, ce matin-là. Il restait un croissant de lune blonde visible dans le lointain, coincé entre deux énormes nuages noirs d'encre. La tension était palpable. Une nuée de corneilles volait bas en croassant. Le groupe de corvidés d'ébène semblait sortir de ces cumulonimbus menaçants avec un remarquable mimétisme. Ce n'était pas forcément de mauvais augure, comme aurait pu le laisser croire leur sinistre réputation : simple stratégie de défense en cas de prédation d'un rapace. Un peu plus loin, la blancheur du plumage étincelant de quelques mouettes aux cris rauques contrastait avec le ciel sombre, comme des étoiles par une nuit sans lune. Les immenses portiques bleus du port autonome glissaient silencieusement sur leurs rails en prenant et déposant un container après l'autre, souvent venu de l'autre bout du monde, pour charger ou décharger un bateau amarré au quai. Certaines péniches s'approvisionnaient directement en vrac au silo de la malterie, dont le bourdonnement se faisait entendre au loin. Le chargement se faisait par un long tube métallique remplissant leurs cales de malt d'orge ou de blé pour les brasseries. D'autres livraient, des grains d'orge à la minoterie, pour la fabrication du malt. Plus loin, derrière de grands bâtiments en briques rouges, la chenille de wagons aux bâches taguées se tortillait, accompagnée de grincements stridents. Ambiance sordide. Mauvais signe ?

2

Les maigres rayons de soleil n'arrivaient pas à réchauffer la carcasse du nonagénaire Jan Olsson. Il se rendait à une importante rencontre quotidienne, en longeant la capitainerie du Port du Rhin. Il pédalait difficilement sur son vélo déglingué. Il s'arrêta pour regarder les aiguilles de l'horloge de la tour et se dit qu'il était un peu en retard. Mais à son âge, ce n'était pas grave, se dit-il. Il reprit sa route en exerçant tout de même un effort supplémentaire sur les pédales.

La capitainerie du Port du Rhin a été construite en même temps que le bassin du Commerce du port de Strasbourg. Le bâtiment a été édifié en 1899 sous la direction de Johann-Karl Ott sur des plans de l'architecte Gustave Oberthur, dans un style néogothique comprenant une grande tour centrale et deux pignons en escalier. Sous la flèche surmontant la tour se trou-

vent de grandes horloges inscrites dans un grand décor architectural. La capitainerie du Port du Rhin est l'ancien poste de commandement du Port autonome de Strasbourg, il abrite aujourd'hui les bureaux de la Poste ainsi qu'une partie administrative du Port du Rhin.

Jan allait retrouver son ami Simon Miller, un adversaire assez coriace. Jan, vu son âge avancé, qu'il appelait une déliquescence programmée, ne jouait qu'un coup par jour, espérant terminer la partie d'échecs avant de rejoindre l'autre rive. Ce rituel avec Simon durait depuis plusieurs mois. Depuis leur rencontre dans un club d'échecs, ils préféraient jouer en dehors d'une structure pour rester libres, de préférence dans un lieu insolite, sans aucun horaire à respecter. Ils n'avaient, ni l'un ni l'autre, d'esprit de compétition : ce genre d'évènement les faisait stresser un maximum. C'était leur philosophie des échecs.

3

Ils avaient bien tenté de trouver un autre endroit au centre-ville et autour, mais il y avait toujours un élément perturbateur : la circulation automobile, les avions qui décollaient ou se préparaient à l'atterrissage à l'aéroport international de Strasbourg situé à Entzheim, où simplement le bruit ambiant et trop agressif d'une grande ville. Après plusieurs essais infructueux, seul ce hangar désaffecté du Port du Rhin leur offrait la quiétude nécessaire à la concentration du jeu d'échecs. Les rares péniches du Port autonome et les bateaux-mouches du bassin des Remparts glissaient sur l'eau et ne les perturbaient pas outre mesure. Aucun animal volant, avec ou sans plumes, ne les dérangeait. Ils étaient devenus leurs amis, au point qu'ils s'inquiétaient de l'absence de leurs vols tourbillonnants et de leurs cris quand le silence se faisait trop pesant. Leur abri se trouvait au bord de l'eau. Il y avait constamment une légère brise, laquelle apportait un peu de fraicheur en été, même quand la tôle du hangar était brûlante, écrasée de soleil, et de l'air froid en automne. Un hiver, une forte tempête de neige fit entrer les flocons, dans l'espace resté ouvert en l'absence de porte, et blanchir tout l'intérieur du hangar. La neige se déposa partout, ainsi que sur l'échiquier. Le matin suivant, toutes les pièces étaient blanches. Difficile de savoir lequel des deux devait jouer le premier coup. Il avait fallu nettoyer toutes les pièces une par une avant de pouvoir poursuivre la partie. Ce matin-là, Jan avait mis un gros manteau, un bonnet de laine et des gants. Il portait une petite écharpe de coton bariolée autour de son maigre cou. Les changements de température non plus, n'arrivaient pas à leur faire abandonner la partie. L'enjeu était d'importance : la transmission orale du savoir. Comme dans certaines peuplades de par le monde où l'écriture n'existe pas, sauf sous une forme sémantique. Il y a aussi des artistes célèbres qui transmettent leur grande expérience aux jeunes pour les faire éclore. Ils trouvaient primordial de transmettre le savoir acquis par les aventures de toute une vie. Ils devaient, chacun à leur tour et le moment venu, trouver un nouvel humain pour que le savoir perdure et se dissémine à toutes les générations. Ils avaient déjà acquis, tous les deux, de nombreuses expériences apprises de « maitres » et ils se devaient de continuer leur mission de les enseigner aux générations futures afin que jamais le lien ne se rompe. D'où l'importance de trouver les « bonnes » personnes parmi celles qui croisaient leur chemin, sans se tromper.

Jan avait « choisi » Simon au club d'échecs de la Krutenau, pour son sérieux et son côté décontracté. Après avoir souvent joué avec lui, il sut, au bout d'un certain temps, qu'il était le candidat idéal. Ils avaient construit un climat de confiance devenu une amitié solide basée sur le respect de l'adversaire. Cela fonctionnait parfaitement. Il peut y avoir quelque chose de tellement fort entre deux êtres que personne d'autre ne peut comprendre la force qui les lie. Ils effectuaient des sorties cinéma, théâtre, resto ou expositions dans les nombreux musées de la ville et autour, pour être sûr que Simon était bien l'homme de la situation. Il pouvait ainsi l'écouter et l'observer à loisir. Jan sut rapidement qu'il pouvait lui confier son secret et qu'il continuerait à diffuser cette révélation après lui.

4

La partie d'échecs, commencée il y a longtemps déjà, se déroulait dans un recoin d'un ancien hangar désaffecté ; avec ses briques apparentes et ses vitres brisées, il leur tenait lieu de refuge malgré les injures du temps. La porte principale avait dû exister un jour, mais son absence laissait une immense ouverture vers l'extérieur, comme une véranda sertie de vitres de vent. Le bâtiment ne tenait que sur trois murs qui soutenaient la tôle du toit qui faisait un bruit d'enfer quand le vent soufflait, malgré la tentative de lestage de Simon avec de grosses pierres trouvées dans les environs. Mais ils étaient tellement concentrés sur le jeu qu'ils l'entendaient à peine. De nombreux oiseaux, dont les hirondelles nichant sous le toit et les rebords des fenêtres au printemps, exécutaient un véritable concert. Ils survolaient allègrement nos joueurs sans les perturber plus que cela. Mais aucun n'avait jamais laissé de fiente sur l'échiquier. C'étaient les bruits de la nature, après tout. Il y avait aussi, délaissés et endormis depuis longtemps sans doute, des morceaux de machines méconnaissables, complètement rouillées, des tôles, des tuyaux, et même un vieux piano déglingué aux touches jaunies, exposé aux quatre vents. La pluie arrosait le lierre qui l'emprisonnait presque complètement, passant par les trous de la tôle du toit. Il semblait ramper sur le clavier pour l'étreindre. Ils se demandaient d'ailleurs comment cet instrument était arrivé jusqu'ici... Il avait dû donner beaucoup de joie et de plaisir à son maître, un musicien, et à son public sans doute nombreux. Il a dû s'exprimer dans différents répertoires, du classique aux groupes de jazz, et peut-être même accompagner un ou une chanteuse populaire faisant se lever la foule pour danser en fin de concert jusqu'au bout de la nuit. L'essentiel, pour eux, était d'être à l'abri des intempéries.

5

Jan Olsson, jeune homme de quatre-vingt-dix printemps, était toujours mal habillé, à la limite dépenaillé. Il portait généralement un vieux jean attaché par une ceinture de cuir trop longue dont l'extrémité pendait le long de sa jambe, et un ti-cheurte fatigué qu'il couvrait d'une veste militaire pour se protéger des petites fraîcheurs matinales et de l'humidité. N'ayant plus de famille, il ne faisait plus aucun effort vestimentaire. Ses cheveux blancs et son regard bleu glacier derrière ses petites lunettes rondes lui donnaient l'air d'un Viking énigmatique. Il descendait d'Erik, charpentier de marine, un père suédois décédé accidentellement dans un fjord et d'Annie, sa mère française, une infirmière venue en Suède pour les vacances puis restée après sa rencontre avec Erik. Leur rencontre avait toujours été un mystère pour lui.

Erik Olsson, le père de Jan, avait transmis à son fils sa passion des échecs dès son plus jeune âge, ce qui lui permit de se rapprocher de lui en jouant le plus souvent possible. Jan, imprégné des échecs très jeune, comprit l'importance de transmettre à son tour ses connaissances à d'autres générations. Plus qu'une mission, il était persuadé que c'était son devoir de trouver des personnes réceptives et passionnées. Il avait tenté à maintes reprises de se consacrer à une personne qu'il pensait digne de son enseignement. Souvent, le joueur n'était pas assez assidu et préférait se livrer à d'autres activités où il n'y avait pas besoin d'autant de concentration. Il pensait difficile, voire impossible de trouver quelqu'un de vraiment fiable. Mais il était opiniâtre et certain de découvrir un jour la perle rare. Impossible d'obliger une personne à faire ce qu'elle n'a pas envie d'entreprendre. Ce serait un manque de respect, et voué à l'échec en plus d'être vraiment stupide. Or, stupide, Jan ne l'était pas, loin de là. À son arrivée en France, vers ses dix ans, il était déjà parfaitement bilingue. Après une scolarité couronnée de succès, sa mère décida de l'inscrire à l'ENSAS, l'école nationale supérieure d'architecture de Strasbourg, sise au boulevard du Président-Wilson, près de la gare. Il y fit de brillantes études et obtint son diplôme d'architecte haut la main. Puis il fonda son propre cabinet d'architecture avec deux autres collaborateurs. Sa carrière fut jalonnée de grands succès et de quelques projets non retenus à des concours, où bon nombre de collègues prenaient le risque de présenter un projet à l'issue non garantie. Le fait que Simon, lui aussi, avait effectué une partie de sa carrière dans l'architecture, qu'il enseignait également, les avait vraisemblablement rapprochés. Ils discutaient souvent de leur métier à différentes occasions.

Jan avait gardé la mauvaise habitude de fumer et de cracher où qu'il fût, sans vraiment y faire attention. Dans cette partie d'échecs, c'est Jan qui commençait toujours par les pièces blanches et il n'aimait pas perdre.

6

Jan vivotait dans son petit appartement de la rue de Rotterdam, près du bassin des Remparts, avec sa retraite et un petit héritage que lui avait laissé sa mère. Avant de décéder, elle lui avait transmis son cahier de recettes. Ce n'est qu'à l'âge adulte qu'il commença à s'y intéresser de plus près. C'est après s'être retrouvé seul qu'il dut vraiment se mettre à la cuisine. Au fur et à mesure de différents essais, il arrivait à composer des plats sophistiqués en cuisine française avant de s'attaquer aux recettes suédoises. Au point de pouvoir inviter son ami Simon. Les premiers essais ne furent pas très concluants mais, avec le temps, il s'améliorait et Simon appréciait vraiment la cuisine suédoise que Jan lui faisait découvrir. Il goûtait particulièrement le schnitzel, un des plats typiques de Stockholm, la capitale suédoise ! Généralement servi en deux pièces, le schnitzel est une grande escalope de veau panée, accompagnée d'un demi-citron et de frites françaises. Mais il appréciait aussi beaucoup le saumon mariné (gravad lax). Le saumon mariné ou gravlax est un plat populaire que l'on retrouve partout et notamment sur les tables des temps forts suédois comme Noël ou Pâques. Quand Jan n'avait pas le temps de faire de la « grande » cuisine, il préparait du gubbröra, un sandwich aux œufs et aux anchois souvent servi sur une fine tranche de pain de seigle décorée d'un petit quartier de citron, de ciboulette ou encore d'oignon rouge. En dessert, pour accompagner le thé du petit-déjeuner ou plus tard dans la journée, il préparait des kanelbullar, petits pains suédois à la cannelle dont Simon raffolait.

Dans sa jeunesse, le petit Jan ne s'intéressait pas trop à la cuisine, du moins au début. Il ne pensait pas, à cette époque, que cela pourrait lui servir un jour. Il préférait regarder sa mère préparer les repas. Elle mélangeait les ingrédients et portait la cuillère à sa bouche pour voir s'il ne manquait rien. À sa grimace, il voyait tout de suite si un élément faisait défaut. Elle s'empressait alors d'en ajouter : sel, poivre, herbes ou tout autre assaisonnement qui composait sa préparation. Puis un jour, sa mère lui demanda de l'aider un peu. Malgré sa grimace, il s'exécutait en sortant le lait ou la crème du ré-

frigérateur, empoignait une chaise pour grim-
per dessus afin d'arriver à prendre la farine
rangée dans un bocal au-dessus du buffet. Un
jour où elle préparait des kanelbullar, ces déli-
cieux petits pains suédois à la cannelle, Jan fut
ébloui par les gestes très sûrs de sa mère, acquis
par une longue expérience. Il avait le droit
d'ajouter la cannelle qu'il versa en quantité, sa
mère devant l'arrêter afin qu'il ne vide tout le
flacon. Il adorait par-dessus tout cette poudre
brune et très odorante originaire d'Asie. Le jour
où elle lui proposa d'en faire lui-même, il fut
pris entre la joie et l'angoisse, pas certain d'y
arriver. Il mit la main à la pâte sous l'œil mater-
nel et mélangea les différents éléments pour
réussir de parfaits petits pains. Quand, à la sor-
tie du four après quelques minutes de cuisson,
il vit « son » kanelbullar, qu'il avait marqué d'un
petit J, l'émotion fut telle qu'il versa discrète-
ment une petite larme. L'attente fut trop longue
avant que les petits pains refroidissent et qu'il
puisse les porter à sa bouche. Impatient, il tenta
de le saisir et commença par se brûler les
doigts ; puis, un peu plus tard les lèvres, en vou-
lant absolument goûter le fruit de son travail.
Quand enfin il put manger « son » kanelbullar,
il fut fier et heureux de l'avoir réalisé lui-même.
Sa mère lui donnait petit à petit le goût de la

cuisine, tant suédoise que française. Il avait acquis de bonnes bases pour se débrouiller le jour où il se retrouverait seul.

Moins doué que Jan, Simon préférait inviter son ami dans un des nombreux restaurants de la ville. Les plats que Jan préparait étaient toujours accompagnés d'aquavit, l'alcool suédois le plus courant, et certains soirs, Simon dut squatter le canapé de son ami car incapable de rentrer chez lui.

Jan disposait d'une cave bien fraîche dans laquelle il gardait ses réserves, vieux réflexe des gens qui ont connu la guerre. À chaque fois qu'il s'y rendait, il tombait sur le tandem qu'il gardait pour un ami, et ses pensées vagabondaient :

« Peux-tu me garder mon tandem dans ta cave jusqu'à la semaine prochaine ? » avait demandé un ami. Coup classique. Six mois ont passé depuis qu'il avait accepté de l'héberger. Et il prend de plus en plus de place. Au début, il l'avait posé dans un endroit provisoire en pensant qu'il ne gênerait personne. Depuis, il s'étale, il prend toute la place. Dès que je descends à la cave, j'allume la lumière et je le vois, LUI. Il est là, omniprésent. J'ai l'impression qu'il grandit, qu'il prend un certain poids. Il occupe à présent

toute la pièce. Le jour où son ami viendra le re-
prendre, on ne pourra plus l'extraire tellement
il aura pris de l'importance. Chaque fois que je
passe à côté de lui, j'ai l'impression qu'il me re-
garde, avec sa grosse lampe rouillée. Il me sem-
ble même, dans ce gros œil de cyclope, voir du
mépris. Abandonné, il rouille ; quand il faudra
reprendre la route, ce sera dur, très dur. Même
pas une goutte d'huile ou un coup de chiffon,
rien que de l'indifférence. Tel un long cheval à
deux selles, il est là, stoïque. Il s'impose, gêne
l'accès aux étagères contre lesquelles il repose.
Deux colliers de couleur lui enserrent le cou,
pour l'empêcher de voler. Chaque fois que j'ac-
cède aux étagères, il me donne un coup de pé-
dale. Quelques araignées plus hardies que
d'autres en ont commencé l'ascension par la
face nord, voilant son œil glauque. Le cycle
borgne repose, altier. Je pense qu'il se retient de
faire des remarques. Il doit être fatigué par
cette arthrose envahissante. Néanmoins, il
partira un jour de soleil ou de pluie, de vent ou
de neige, il ira. Enfin, j'espère... »

7

Simon était aussi décontracté que Jan était fatigué. La petite soixantaine, il était plutôt grand et portait les cheveux courts et des lunettes sur un regard marron. Plutôt zen, il restait très concentré quand il jouait avec Jan. Tout en essayant de déconcentrer son adversaire, il souhaitait profiter de la grande expérience de Jan pour se perfectionner et pouvoir passer le relais à son tour. Fils de parents démissionnaires, il s'était très tôt retrouvé à apprendre à se débrouiller seul. Son père était guitariste et sa mère chanteuse dans un groupe de rock qui effectuait souvent des tournées en France et en Europe. Ils n'aimaient pas le voir traîner dans leurs jambes et préféraient chanter sur scène plutôt que de s'occuper de leur fils. Il restait souvent chez une voisine jusqu'à leur retour. Il se sentait tellement abandonné qu'un jour il décida de fuguer pour ne jamais revenir. Ses parents avaient émis un appel de disparition inquiétante sans vraiment trop y croire. Ils étaient plutôt contents d'être débarrassés d'un enfant qu'ils n'avaient pas désiré. « Autant se débrouiller par ses propres moyens, s'était-il dit à ce moment-là, je ne devrai rien à personne. » Il avait tout de même réussi à obtenir son diplôme d'architecte et travaillé dans un cabinet d'urbanisme, mais il ne s'y sentait pas à sa place. Il abattait plus de travail que son collègue et cela le fatiguait. Comme lui avait dit un client : « À deux, cela ne fonctionne jamais : il y en a toujours un qui travaille et l'autre qui ne fout rien ! ». Après plusieurs années à dessiner des plans et réaliser des maquettes pendant de nombreuses heures, même de nuit, il comprit que ce métier trop prenant n'était pas fait pour lui. Il avait ensuite pas mal galéré en effectuant des petits boulots : vendeur dans une librairie, chez un disquaire et même sur les marchés, en fruits et légumes. Il avait ensuite trouvé un emploi fixe dans d'alimentaire lui permettant de toucher une retraite, modeste mais suffisante pour lui. Il se contentait de ce qu'il avait.

8

Dans un recoin de l'ancien dépôt désaffecté, Jan Olsson arrivait alors que Simon Miller était déjà en place, assis devant l'échiquier, sur une hauteur réalisée avec plusieurs palettes et concentré sur le jeu, les coudes sur les genoux et la tête dans les mains. Le siège de Jan était un vieux fauteuil déglingué, en harmonie avec le personnage. Sur la table, faite de cartons rafistolés sur des morceaux de palette, trônait l'échiquier en bois, cadeau d'une amie. Jan posa sa bicyclette contre le mur et cracha une dernière fois avant d'entrer dans le hangar et de prendre place sur son trône sans que Simon n'y prêtât attention. Le bruit de l'expectoration l'avait prévenu de l'arrivée de Jan.

— Salut Simon! dit-il bruyamment, c'est une bien belle journée!

Simon leva la tête pour lui répondre, mais Jan l'arrêta d'un geste de la main pour qu'il ne puisse parler et ainsi éviter les reproches.

— Pour me faire pardonner, j'ai ramené des ka-
nelbullars !

Simon appréciait particulièrement ces petits
pains suédois à la cannelle.

— Je suis un peu en retard. Inutile de me le faire
remarquer. Un peu de respect, jeune homme ! Je me
suis arrêté pour acheter des clopes.

Simon sourit à cette remarque car il savait que
son ami n'avait pas la notion du temps et ne portait
jamais de montre.

— Je n'ai rien dit !

— C'est vrai, mais tu l'as pensé tellement fort…

Simon sourit encore à cette remarque.

— J'ai également un peu rêvassé, je l'avoue. En
passant au bord de l'eau, j'ai eu une pensée pour les
pêcheurs professionnels du Rhin, qui ont du mal à
transmettre leur savoir, faute de candidats… Encore
un métier en voie de disparition…

Jan et Simon se connaissaient bien. Simon changea de conversation, car il savait qu'il était un peu
têtu et qu'il était inutile d'insister. Il avait toujours
la tête au jeu.

— Oui, il fait vraiment bon aujourd'hui ! C'est
très agréable !

Simon leva la tête un moment pour questionner
Jan.

— Au fait, tu n'as toujours pas récupéré ta voiture ?

Jan s'assit sur son siège, accompagné d'une grande expiration.

— Non, elle est toujours au garage ! Vu mon grand âge, je pense la leur laisser. J'ai du mal à conduire maintenant et toutes ces réparations me reviennent vraiment trop cher. J'ai pris mon vélo ! Toi aussi, tu es venu à vélo ?

— Non, il a une roue voilée ! J'ai pris la voiture ! Simon et Jan se regardèrent en riant...

— Dis donc, tu as l'air en forme, mon Jan !

— Il faut le dire vite, tu sais. Je sens quand même que toutes ces années cumulées commencent à me peser un peu. J'ai quelques petits bobos ici et là.

— Penses-tu ! Tu nous enterreras tous !
Jan sourit à cette remarque.

— On verra bien...
Jan regarda Simon avec un grand sourire malicieux.

— Au fait, tu connais la capitale de Tamalou ? Simon fit signe de la tête que non.

— C'est Bobola, dit Jan en riant. C'est une blague de mon kiné !

Jan fait face à Simon en regardant l'échiquier. Dans le silence de la concentration, la partie d'échecs est ponctuée de cris d'oiseaux et de bruits lointains de la civilisation. Ils sont très concentrés malgré les moteurs ronronnant des petits avions de l'aérodrome du Polygone, chargés de parachutistes pour exécuter des sauts au-dessus de la ville et des clients pour des baptêmes de l'air. Il est même arrivé un jour qu'un parachutiste, emporté par un vent exceptionnellement fort, atterrisse au Port du Rhin, à quelques mètres de leur hangar, sans que cela les perturbât davantage. Il enroula son parachute autour de son bras et téléphona pour qu'on vienne le chercher.

— C'est à qui de jouer ? Les noirs, donc à toi, je pense.

— Oui, je sais bien, je sais bien...

Simon hésita avant d'avancer une pièce noire. Jan réfléchit longuement avant d'avancer une pièce blanche.

— Je gagne ton fou noir placé en D5 en déplaçant mon fou en f6 et ainsi éliminer ton cavalier noir. C'est *L'élimination*. Que dis-tu de ce coup-là ?

— Je reconnais que c'est plutôt pas mal. Tu vois bien que tu es en forme !

Jan sourit et se leva doucement en saluant Simon de la main.

— À demain, Simon !

— À demain, mon Jan !

Il se contenta de lever une main pour saluer son ami qui sortait du hangar en allumant une cigarette. Simon était encore abasourdi par le coup de Jan. Il tentait de se concentrer sur le jeu, et restait les yeux vissés sur l'échiquier.

9

La relation de Simon entamée avec Alizée il y avait longtemps n'était qu'épisodique. Cela leur convenait à tous deux, ne serait-ce que pour éviter l'usure du couple, se retrouver côte à côte au quotidien et risquer de ne plus pouvoir se supporter après plusieurs années. Alizée habitait en Bourgogne, donc assez loin de Strasbourg, mais pas trop quand même. Ils s'étaient rencontrés lors d'un voyage en groupe en Islande où le courant était bien passé entre eux. Il l'avait déjà repérée dans l'avion, où elle était assise dans une autre rangée, grâce à son sac à main vert. Il était si petit qu'il frisait le minuscule. Alors que de nombreuses femmes portent plutôt un grand sac, renfermant un immense capharnaüm, elle avait fait le choix de ce petit sac par pragmatisme ou modestie, sans doute. Le voyage, ou plutôt l'aventure, se passait bien malgré le vent, la pluie et la neige. Ils en prenaient plein les yeux à chaque visite dans ce pays où la météo est plutôt capricieuse, au point d'avoir les quatre saisons dans la même journée. Ils se retrouvaient aux repas, parfois à la même table. Ils ne s'étaient vraiment rapprochés que le dernier jour. Les deux ascenseurs de l'hôtel arrivèrent en même temps au rez-de-chaussée et Simon y vit un signe. Ils firent une petite virée dans Reykjavik pour acheter quelques souvenirs et Simon lui proposa de se retrouver dans le hall de l'hôtel à dix-neuf heures pour aller dîner. Après ce dernier et délicieux repas dans un restaurant sur le port, ils se firent la promesse à l'aéroport, après avoir récupéré leurs bagages, de se revoir bientôt. Simon lui donna son numéro de portable en lui disant qu'elle pourrait l'embêter quand elle se rendrait sur Strasbourg pour voir sa fille. Elle lui promit de lui faire parvenir ses coordonnées à son retour chez elle. Ce qu'elle fit une semaine plus tard. Cette semaine lui sembla interminable. Il se demandait si elle allait tenir sa promesse. Mais quand il eut son premier message, il sut qu'il pouvait lui faire confiance. Ils échangèrent leurs photos, prises lors du voyage, et des informations plus personnelles. Leur relation épistolaire dura quelques semaines avant qu'Alizée informât Simon de son déplacement en Alsace. Il était heureux de cette nouvelle et resta sur un petit nuage jusqu'à son arrivée. Cette rencontre tant espérée, après un temps qu'il trouvait trop long, les fit se regarder en chien de faïence quelques minutes avant de s'embrasser. Ils étaient aimantés l'un vers l'autre et leur bise dérapa inconsciemment en un baiser langoureux. Ils recommencèrent après avoir repris leur respiration. La journée se passa bien entre visite de la ville, restos et musées. Le soir venu, Alizée suivit Simon chez lui où ils se tombèrent dans les bras pour s'embrasser encore. La nuit d'amour qui suivit fut réellement explosive, sans doute à cause de cette trop longue attente. L'attente accroît le désir, dit-on. À cause de la distance, ils ne se voyaient que les dimanches. Alizée était pharmacienne et travaillait dans une officine toute la semaine. C'était une fois l'un et une fois l'autre qui effectuait le déplacement. Au cours d'une de ses visites, Simon fit connaissance avec cette magnifique région du Jura, avec Alizée comme guide personnel. Elle lui fit découvrir sa région natale et la pharmacie où elle exerçait. Travaillant le samedi, elle ne lui promit que le dimanche. Ce week-end amputé était toujours trop court à leur goût, mais n'envisageait pas de vivre ensemble pour autant. Après de nombreuses visites épisodiques, ils ne se voyaient plus que tous les quinze jours. Ils avaient décidé d'espacer leurs rencontres pour que le feu reprenne. Mais l'étincelle espérée ne s'était pas produite et leurs retrouvailles devinrent mensuelles. Leur attrait réciproque s'effritait et se désagrégeait inexorablement. La magie de la rencontre avait disparu. Ils n'eurent pas la force de se revoir pour faire un bilan et analyser leur histoire et son échec, et Alizée disparut de la vie de Simon après une longue conversation téléphonique.

Il parvint difficilement à l'oublier... jusqu'à sa rencontre avec Solveig.

10

Assise sur son siège en plastique blanc, Solveig Ancelot, la petite cinquantaine alerte, attendait le client à la brocante de la Krutenau. Elle aperçut Simon qui chinait sur ce marché aux puces où elle proposait divers objets à la vente. Elle le fixait d'un regard inquisiteur. Il ne la vit pas tout de suite. Il passa devant son stand, toujours suivi par ses yeux braqués sur lui. Simon, le nez vers le sol, observait toutes ces merveilles exposées sans être vraiment inspiré. En fait, il ne savait pas exactement ce qu'il cherchait. Il attendait le coup de cœur, un objet particulier qui aurait pu attirer son attention. Il parcourait des yeux le stand de Solveig sans lever la tête. Il continuait à chiner plus loin, sans attention particulière pour cette femme l'observant intensément. Sur le chemin du retour, où il parcourait l'autre côté de la rue, Simon dut changer de bord. Un attroupement de gens et d'enfants bruyants lui bloquait le passage. Sans s'en apercevoir, il se retrouva à nouveau devant l'étal de Solveig, qui ne le lâchait toujours pas des yeux. C'est en voyant le livre *Numéro deux*, de David Fœnkinos, qu'il le prit en main pour en lire la quatrième de couverture. Il leva enfin son regard pour croiser celui de Solveig. Ils restèrent figés un moment sans mot dire. Chacun sentait que le moment était d'importance.

— Bonjour ! Il vous intéresse ? lança-t-elle à Simon.

Troublé, il mit un moment à se remettre.

— Euh... Oui, je ne l'ai pas encore lu.

— Il est récent, en fait.

— Ah, voilà !

— J'en ai d'autres du même écrivain, dit-elle en désignant un carton où se trouvaient d'autres titres de l'auteur.

Il fouilla un peu et prit un livre en main.

— J'ai adoré *Charlotte*, inspiré de la vie de Charlotte Salomon.

— Oui, il est tragique et magnifique sous la plume du romancier.

— J'en ai lu plusieurs car j'adore son style. Mais je lis aussi d'autres auteurs. Dernièrement, j'ai dévoré *La Panthère des neiges* de Sylvain Tesson par exemple, mais je n'ai pas encore vu le film.

— Moi non plus, répondit-elle avec un sourire plein d'espoir et son regard fixé dans les yeux de Simon.

Simon hésita un instant avant de se lancer et d'oublier sa timidité maladive.

— Si je peux me permettre, nous pourrions aller le voir ensemble, qu'en dites-vous ?

Un grand sourire illumina le visage de Solveig.

— Avec plaisir !

Ils échangèrent leur numéro de portable en promettant de se rappeler très vite.

11

Le lendemain, les deux hommes se retrouvèrent à nouveau à leur place dédiée, devant l'échiquier. Quand vint le tour de Jan, Simon s'aperçut qu'il avait quand même beaucoup de difficultés. Son geste était très lent et hésitant. Simon s'inquiéta.

— Ça va, Jan ?

— Oui, oui, ça va.

— Tu rêves ou quoi ?

— Non, je réfléchissais ! Je me rappelle ce que mon père m'a dit, avant de se noyer dans le fjord, chez nous, en Suède.

— Oh ! Raconte !

Jan leva la tête de l'échiquier pour raconter cette anecdote de son enfance et Simon l'écouta attentivement.

— C'était il y a longtemps. J'étais encore petit. Au mois de juin, tous les Suédois célèbrent Midsommar, notre solstice d'été, à Lysekil, une ville sise à l'embouchure du fjord Gullmar. Cette fête du plus long jour de l'année consiste à accueillir les beaux jours en mangeant des fruits de mer, à chanter des chansons traditionnelles et à danser. Avec mon père, je jouais aux échecs géants : il fallait que je prenne les deux mains pour déplacer une pièce, qui à mon âge, était presque plus grande que moi. À force de boire cul sec de l'aquavit toute la matinée, mon père était complètement cuit à la mi-journée, malgré l'endurance due à son alcoolisme chronique. Avant la fin de la partie, il a soudainement quitté le jeu avec une bouteille à la main et s'est dirigé vers le bord du fjord pour retrouver Lars Pettersson, son ami d'enfance qu'il venait d'apercevoir. Lui aussi avait largement dépassé la dose. En buvant et chantant sur le ponton avec de grands gestes, mon père a perdu l'équilibre et a plongé tête première dans le fjord pour couler comme une pierre. Le temps que Lars réagisse et appelle du secours, malgré le choc qui l'a dessaoulé rapidement, mon père s'enfonçait dans les profondeurs du fjord sans espoir de remonter. Quand les secours, arrivés rapidement sur place, ont hissé son corps sur la terre ferme après de longues recherches par les hommes-grenouilles, il était évidemment déjà trop tard. Le médecin a effectué quelques massages cardiaques, mais n'a malheureusement pu que constater le décès, probablement survenu sur le coup à la suite d'une hydrocution.

— C'est terrible de finir comme ça ! Il buvait depuis longtemps ?

— Je crois qu'il a toujours bu ! Il était toujours dans un état second…

Après l'enterrement de mon père, son frère Sven nous a beaucoup aidés par son soutien sans failles. Il aurait bien aimé se rapprocher un peu plus de ma mère. Il devait en pincer pour elle depuis longtemps. Il lorgnait sans doute aussi son héritage qui, sans être important, était tout de même doté d'une maison, d'un terrain et d'un petit bateau. En plus, mon père avait laissé, sur un compte spécial, à la banque, de quoi ne manquer de rien. Sven lui tournait autour en lui disant que ce n'était pas bon de rester seule. Mais ma mère ne souhaitait pas refaire sa vie, surtout avec Sven qui buvait encore plus que son défunt mari. Il passait tous les jours à la maison pour voir si nous n'avions besoin de rien, mais ma mère le repoussait gentiment pour qu'il comprenne enfin. D'autres hommes, la sachant veuve, la courtisaient aussi. Elle était très belle, ma mère, elle avait beaucoup de succès et un charme fou ! Elle ne pouvait pas faire un pas dehors sans qu'un homme la relance. Mais elle tenait bon. Elle continuait son chemin sans répondre. Elle ne s'est jamais remariée. Elle a bien sûr eu des occasions de rencontres, mais elles ne duraient jamais longtemps.

Ma mère et moi avons mis plusieurs mois à nous remettre de ce drame, dont le souvenir remonte encore parfois dans mes rêves. Elle n'eut plus aucun homme dans sa vie, et je me retrouvai comme un fils unique, orphelin de père.

Jan se posa un moment avant de reprendre son récit.

— Pour échapper aux avances des hommes, et surtout de Sven qui devenait lourd quand il avait éclusé, ma mère avait décidé, quelques temps plus tard de quitter la Suède. Elle avait aussi la nostalgie de son pays d'origine. Elle décréta son désir de rejoindre en Alsace Louise, sa sœur aînée, qui vivait seule avec son fils Félix. Je n'avais alors que douze ans. C'est pour cette raison que j'ai vite perdu mon accent suédois, alors que ma mère l'a gardé jusqu'à la fin.

Elle eut tout de même une relation suivie avec Albert, un fou de montagne. Il passait les week-ends à escalader le Martinswand dans le massif du Hohneck ; il passait parfois plusieurs jours dans les Alpes à gravir différents sommets dont j'ai oublié les noms. Ma mère n'étant pas une grande sportive, elle l'accompagnait seulement pour les randonnées dans les Vosges. Et moi, je suivais le rythme. Et cela me donna le goût à la montagne. Au bout de quelques temps, ma mère donna naissance à Marius, mon petit frère. Il savait à peine marcher qu'il nous accompagnait pendant les randonnées, secoué dans le porte-bébé que son père avait attaché sur son dos, ce qui ne l'empêchait pas de s'endormir. Pendant la pause déjeuner, Albert le faisait marcher un peu sur un terrain accidenté, pour que, lui aussi, prenne goût à la montagne. En grandissant, Marius randonnait avec nous, en étant souvent devant pour nous guider. Il savait lire une carte comme personne. Pendant les vacances scolaires, Albert emmenait Marius dans les Alpes, pour lui faire goûter des randonnées un peu plus difficiles. Malgré les difficultés, ils arrivaient toujours à bon port. De mon côté, je prétextais des tournois d'échecs pour ne pas les accompagner. Même si j'adorais me balader en montagne, Marius et son père marchaient d'un rythme soutenu, à la limite de l'entraînement commando. Ce qui était trop pour moi. Je pensais qu'il était préférable de prendre son temps pour apprécier vraiment son environnement et le paysage que l'on traverse. Je préférais rester au calme devant un échiquier qu'en baver en montagne. De randonnée en randonnée, Albert initiait son fils à l'escalade. D'abord dans les Vosges, au Krappenfels et au Martinswand entre autres, pour qu'il puisse acquérir tous les réflexes nécessaires à un bon grimpeur. Marius se prit très vite au jeu, pour arriver à devenir un passionné. Dans les Alpes, ils enchaînaient les randonnées, les via ferrata et les escalades pures à mains nues, mais en s'assurant tout de même, en grimpant en cordée. À l'anniversaire des vingt ans de Marius, j'en avais trente-quatre. Mon beau-père nous annonça un voyage au Népal pour faire un sommet avec Marius qui était devenu un véritable alpiniste. Il pensait qu'il avait l'expérience nécessaire pour gravir un haut sommet de l'Himalaya. Mon frère était fou de joie ! Partir dans l'Himalaya avec son père, il en rêvait depuis si longtemps. Ma mère était particulièrement inquiète que son compagnon emmène son fils aussi loin. Elle s'imaginait les dangers d'une telle expédition. La marche d'approche ne présentait pas de dangers réels mais l'escalade à ces altitudes était plus risquée. Les Alpes ne dépassaient pas quatre mille mètres, sauf le mont Blanc qu'ils avaient déjà escaladé à plusieurs reprises. Jusqu'à quatre mille mètres, dans l'Himalaya, ils appellent ça des collines. Mais au-delà de cette altitude, le manque d'oxygène se fait sentir et risque de poser des problèmes. Le M.A.M. (Mal aigu des montagnes) se manifeste par des maux de tête, des problèmes de souffle, voir un œdème pulmonaire ou cérébral qui peut entraîner la mort en quelques heures. Il faut redescendre rapidement si on ne dispose pas d'un caisson hyperbare. Ma mère ne s'opposa pas à leur voyage, mais gagnée par l'inquiétude, elle savait qu'elle allait se ronger les sangs jusqu'à leur retour.

Le jour du grand départ arriva. Ma mère les accompagna en voiture jusqu'à l'arrêt du bus pour le transfert à l'aéroport de Francfort. Le contenu des valises vérifié et revérifiés à plusieurs reprises, ils chargèrent le coffre de la voiture à ras bord. Quand ils arrivèrent sur place, le bus était déjà là avec les soutes ouvertes, et le chauffeur chargeait les valises des voyageurs. Une fois cette opération effectuée, vint le douloureux moment de la séparation. Les embrassades s'éternisaient jusqu'au coup de klaxon du chauffeur du bus qui avait un horaire à respecter. Albert et Marius prirent place dans le véhicule, et ma mère les salua de la main avant de retourner à sa voiture, le visage inondé de larmes. Ils partaient pour trois semaines à plus de huit mille kilomètres de la France. Ma mère me raconta tous ces événements une fois rentrée.

Nous avions parfois des nouvelles par un message sur WhatsApp, comme quand ils eurent atterri à Katmandou, et quelques photos du quartier de Thamel et du Sidharta Garden Hotel où ils logeaient. Quelques photos de Durbar Square et de New Road suivaient plusieurs jours après. Le jour du départ du trek, nous fûmes avertis de leur destination : Pokhara, la deuxième ville du pays, en bus local, c'est-à-dire huit heures pour effectuer un trajet de deux cents kilomètres avec également des poules et des chèvres dans le véhicule. Le but était l'ascension de l'Annapurna culminant à 8091 mètres d'altitude. Albert et Marius semblaient ravis de se mesurer à ce monstre qui les narguait. Ils avaient acquis l'expérience nécessaire pour ce genre d'exploit. Ils étaient tous deux des alpinistes aguerris. Ils se sentaient capables d'affronter cette montagne et de réussir ce sommet. Le trek débuta de bonne heure, accompagné de Furba, le sirdar (guide), un vrai sherpa, et de deux porteurs, Bidour et Baschu, tous deux issus de l'ethnie Brahmane ; moins solides que les sherpas, mais avec un peu plus de conversation. Les repas se déroulaient dans de nombreux petits restaurants (guesthouse) situés sur le trajet du trek du camp de base de l'Annapurna. Ils nous racontaient, dans leurs messages quotidiens, leurs rencontres avec les souriants habitants qu'ils gratifiaient d'un namasté, façon de se saluer au Népal avec les mains jointes. Marius saluait tout le monde : les gens, les buffles et même les yaks dont il vaut mieux éviter les cornes pointues. Des villages, des temples, d'interminables marches pour cette approche durant tout de même près d'une semaine. Arrivée au camp de base, une photo de l'endroit, avec la moraine et les sommets enneigés, nous sembla magnifique. Une forêt de tentes les attendait avec le reste de l'équipe et le ravitaillement. La légende indiquait : *Annapurna base camp* (sanctuary) : *4130 mètres*. C'était le point de départ de leur grande aventure, en compagnie de Jacques, un autre Français qui les accompagnait. Nous sommes restés sans nouvelles pendant plusieurs jours. Ma mère s'angoissait de plus en plus. La photo suivante provenait du camp 2, installé la veille. Plusieurs tentes devant les sommets enneigés : c'était magnifique ! D'autres photos et commentaires suivirent depuis les camps 3, 4 et 7, puis plus rien. Après quelques jours d'angoisse, nous reçûmes un message de l'agence de trekking : « La cordée a effectué l'ascension du sommet, situé dans la zone de mort (plus de 8000 m), mais a été victime d'une avalanche inattendue. Les secours sont sur place et vont tenter l'impossible. » Deux jours plus tard, la terrible nouvelle est tombée : Albert et Marius faisaient partie des victimes n'ayant pu être sauvées. C'est ce jour-là que j'ai perdu mon frère et mon beau-père. C'est Jacques, miraculeusement sauvé par un mal d'altitude qui l'avait obligé à redescendre au camp de base, qui nous a contactés et raconté l'histoire plus tard. Il fallut plusieurs jours pour rapatrier les corps et procéder à leur inhumation.

12

Malgré les penchants de mon père pour l'aquavit, je n'ai jamais bu une seule goutte d'alcool avant mes vingt ans. Mais j'ai quand même fait quelques bêtises !

— Raconte, j'ai hâte de savoir !

— J'ai fait un court passage par la case prison dans ma jeunesse, pour pas grand-chose…

— Qu'appelles-tu « pas grand-chose », Jan ?

— Oh, une broutille…

— Mais encore ?

— Une bagarre avec un type complètement bourré ! Je me suis seulement défendu. La police ne m'a pas cru tout de suite, car j'avais moi aussi largement dépassé la dose. Allez hop, tous au commissariat dans la cellule de dégrisement et garde à vue. Avec les témoignages des personnes présentes, ils ont fini par me relâcher, « faute de preuves » disaient-ils, au bout de quelques jours.

— Tu en as fait, des bêtises !

— Et je pense en faire d'autres encore...
Il souriait en reprenant son récit.

— Le peu de temps passé dans le monde carcéral, en attendant de voir réunis tous les témoignages, m'a permis de croiser un boulanger enfermé pour longtemps sans doute. Il attendait son jugement.

— Un boulanger ?

— Eh oui, un boulanger.

— Qu'avait-il fait pour mériter cet enfermement ?

— Il avait eu la mauvaise idée d'ajouter un peu de cocaïne à la farine pour pétrir son pain.

— Ah, d'accord !

— Les clients étaient tellement ravis de l'euphorie produite par son pain qu'ils n'en voulaient plus d'autre... Et cela a bien sûr fini par se savoir. Lors d'une inspection des services sanitaires, il s'était fait prendre les mains dans le sac... de farine, si je puis dire !

— Il y a des gens qui ont idées, mais pas forcément les bonnes !

— Il avait exagéré un peu quand même...

— Oui, juste un peu, s'esclaffa Simon.

Pris par l'émotion du récit, Jan avança péniblement une pièce blanche. Quand vint le tour de Simon, Jan lui fit une remarque avec un regard appuyé.

— Plus sérieusement, je te répète ce que me disait mon père : observe bien le roi, Simon, c'est très important.

Simon regardait Jan, dépliant les genoux, et se préparait à rentrer chez lui, en acquiesçant avec un sourire.

— Voilà, dit Jan. Tu connais ma vie maintenant. À toi de me raconter la tienne.

— Ok. Je te raconterai ça demain.

— À demain alors, fit Jan en quittant son ami.

Simon n'arrivait pas à se décider à avancer une pièce. Peut-être demain. Après quelques minutes de procrastination, il partit à son tour.

13

Comme promis, le lendemain, en place devant l'échiquier, Simon raconta sa vie à Jan :

— Alors Simon, raconte ! Tu as promis !

— Oui, d'accord. J'ai promis. Je te raconte…

J'ai rencontré Hélène quand j'étais jeune, trop jeune sans doute. Elle m'a plu tout de suite, et réciproquement. On s'entendait vraiment bien, il y avait une grande complicité entre nous. Au point de décider de nous marier après seulement six mois de relation. Tout allait pour le mieux dans le meilleur des mondes. Puis nous avons eu notre fils, Erwan, qui nous comblait de bonheur. À l'arrivée de Lola, les choses se sont déjà un peu détériorées. Hélène prétextait une surcharge de travail pour s'isoler et s'éloigner de moi. Mais le malaise était plus profond. Notre amour n'a pas survécu à cette tension, plutôt liée à un désamour. L'usure du couple, sans doute.

J'avais obtenu des congés pour m'occuper de mes enfants. Encore un après-midi au square avec eux. Après cet après-midi, venait un autre après-midi, identique. Le même lieu, les mêmes rires et aussi l'inévitable discussion avec d'autres parents dont les enfants venaient jouer dans le même square avec, visiblement, le même plaisir. Banalités après banalités, l'après-midi passait sans s'en apercevoir. Les seuls moments de répit étaient faits de rencontres avec d'autres gens, d'autres enfants, de pigeons qui virevoltaient au-dessus de nos têtes en laissant parfois des traces de leur passage. Je restais parfois silencieux sur un banc, regardant ma fille discuter avec une « mamie » de passage. Leurs regards se croisaient le temps d'illuminer leurs visages d'un sourire. Puis, la rencontre passée, Lola me criait silencieusement son amour d'un regard, avant de retourner jouer avec les autres enfants. Erwan aussi souriait tout le temps, surtout en présence d'autres enfants. Il avait le contact facile. Pour moi, de la vie il représente le bouillonnement et Lola le charme.

Hélène se doutait-elle de mon ennui, de tous ces soucis qui peuvent miner un couple arrivé au point de rupture et font que toutes les habitudes auxquelles on avait pris tant de plaisir se transforment en moments de torture ? Sans doute que non ! Et c'était mieux ainsi. Une habitude journalière deviendra une habitude fragmentaire, au compte-gouttes. Mais viendra le jour où l'inévitable se produira et ne manquera pas de nous faire souffrir.

Au bureau non plus, la vie n'était pas toujours drôle. Certains collègues ne comprenaient pas qu'un homme, arrivé au bout de son histoire, puisse être aussi mal. Le gérant ne concevait pas, ne serait-ce qu'un instant, que l'on puisse avoir d'autres activités que son métier. Il ne vivait que pour son travail, résultat navrant d'une éducation bourgeoise et judéo-chrétienne. D'autres collègues étaient heureusement plus souples et compréhensifs. Les jours où le gérant était absent soufflait un vent de folie dans le cabinet, qui me mettait du baume au cœur, me permettant de tenir pendant les jours sombres. Les rendez-vous chez des clients me permettaient de sortir du bureau et de voir d'autres visages. Cela me faisait beaucoup de bien. La seule chose qui me maintenait la tête hors de l'eau était la peinture. Je m'enfermais dans mon atelier pour peindre ou sculpter, selon mon inspiration. J'entrais alors dans un état second pendant lequel j'échappais complètement à la vie quotidienne, même si, en pleine création, le doute souvent s'immisçait et prenait le dessus sur la vie, à moins qu'ils ne se mêlassent. Et quand je revenais à la vie, le discernement et le recul faisaient que le doute se dissipait parfois.

Pourquoi les couples se déchirent-ils ? A-t-on trouvé la réponse à cette question ? Que des suppositions... Les habitudes, semble-t-il, sont souvent responsables du délabrement d'un couple. De fissure en fissure, le tandem de la vie se retrouve souvent séparé en deux monocycles. Il est important de garder son indépendance tout en respectant l'autre et en l'aimant. Exercice d'un fragile équilibre pas toujours évident à gérer. La difficulté peut être aplanie si on instaure dès le début, un véritable dialogue.

Ma passion pour les arts me prenait beaucoup de temps. Pendant les périodes noires, ma femme m'avait beaucoup soutenu en me poussant à travailler et travailler encore. Elle pensait que j'avais du talent. C'est avec le recul que je réalise l'importance d'être épaulé dans les moments difficiles. Cela fait partie des choses positives que j'ai vécu avec Hélène. D'intenses moments de bonheur, parfois de heurts mais aussi de pleurs.

Hélène, elle, s'enfonçait dans son travail de façon maladive. Elle ne parlait que de ça matin, midi et soir. Nous n'avions plus beaucoup de choses en commun. Comment avons-nous pu nous tromper à ce point ? La jeunesse, l'inexpérience sans doute ! Le mariage comme une fuite, un passeport pour le lit ?

Son travail d'assistante sociale la dévorait littéralement. Même si j'angoissais quand elle visitait des cas sociaux dans des quartiers à risques, les histoires du soir étaient souvent les mêmes. Des enfants maltraités livrés à eux-mêmes, l'alcool et la misère dans un couple est l'ordinaire des gens marginalisés. Malgré tout cela, elle me parlait de ses espoirs, de quelques cas « qu'on pourrait sauver », et s'attristait de la lourdeur de l'administration et des gens bien installés qui ne feront jamais rien pouvant risquer de nuire à leur petit confort et à leur carrière. Mais elle avait toujours la foi. Elle y croyait encore et persévérait quotidiennement dans sa tâche qui ressemblait davantage à un sacerdoce qu'à un simple travail de routine.

Les enfants aussi, elle les avait voulus avec le même acharnement. Son bonheur était contagieux et nous enivrait. Depuis notre rencontre, nous étions certains de ne plus pouvoir nous passer l'un de l'autre. Nous faisions l'amour jusqu'à l'épuisement, dans lequel nous nous endormions enlacés. Cet amour s'était effiloché sans que l'on s'en aperçoive, gangrené par les habitudes et l'aveuglement face à une triste réalité. Les enfants nés, nous avions eu un regain de bonheur. Malgré cette façade illusoire, Lola et Erwan nous ont apporté beaucoup de joies. Même les nuits blanches passées ensemble avec Erwan, le biberon à la main, nous semblaient merveilleuses. À la venue de Lola, le biberon était déjà à tour de rôle. Les rôles changeaient souvent pour lui donner à manger, la changer et la promener. Malgré l'émerveillement d'Erwan pour sa sœur, je sentais le malaise s'installer de façon insidieuse et rampante. Les quelques amorces de dialogue que je tentais alors étaient restées vaines. L'effet était le même qu'un monologue : chaque question me revenait à la figure. Je parlais à un mur. Hélène semblait ailleurs, bien qu'il me semblât qu'elle en fût consciente. Le plus petit détail devenait source de conflit : le dîner un peu trop cuit, une cuillère tombant à terre, une mouche qui passe… Prétextant une surcharge de travail, elle explosait au moindre problème, sachant très bien que le malaise était plus profond. Elle se retrouvait face à elle-même et n'avait pas la force de combattre. Il lui arrivait de s'isoler pendant de longs moments. Elle était de plus en plus éteinte. C'est à ce moment que l'amour bascula en haine. Une cascade de reproches infondés me tombait dessus quotidiennement. Tout était de ma faute. Un peu facile ! Le moindre problème, c'était à moi de le résoudre. Elle était incapable de faire preuve de discernement. Nos années de mariage devinrent des années de malheur, j'étais incapable de m'occuper de mes enfants, mes amis étaient nuls, les siens merveilleux, etc. Elle ne s'en sortait plus. Elle s'enfonçait de plus en plus dans la dépression. Notre vie se transforma en enfer. Des affrontements quotidiens, avec les enfants au milieu, l'issue devenait inéluctable.

La procédure de divorce, après quelques rebondissements, devint réalité. Elle obtint la garde des enfants et les emmena pour fuir au Québec, loin de moi. C'est comme ça que je me suis retrouvé seul en Alsace et Hélène et les enfants à des milliers de kilomètres de moi. Les conversations par Skype ne remplaceront jamais une présence physique. Il me fallut donc trouver un autre appartement.

— Et nous voilà seuls tous les deux...

Ils se regardèrent en exprimant un sourire en demi-teinte.

14

Le jour du solstice d'été était traditionnellement dédié à la fête de la musique. Jan et Simon se rendaient rituellement au centre-ville tous les ans pour cet évènement exceptionnel. Ils aimaient se perdre d'un podium à l'autre pour s'arrêter plus longuement quand un groupe jouait une musique qui leur plaisait, un bon blues, avec une bière pression dans une main. Ils passaient rapidement devant les « chanteurs de rap », même s'ils parlent plutôt qu'ils ne chantent, ce qu'ils appelaient « un bruit insupportable » même s'ils pensaient que c'était un beau moyen d'expression. Il y avait aussi les inévitables groupes massacrant joyeusement des standards français et anglo-saxons avec le sourire. En passant de la chanson au rock et même au blues, ils en avaient plein les oreilles, pour tous les goûts. Dans un endroit un peu en retrait, un petit orchestre de chambre à cordes interprétait du Vivaldi. Ce qui inspira Simon. Il fixa le violoncelle et imagina un monologue surréaliste de l'instrument, qu'il prononça à voix basse :

> « *Je ne dois surtout pas devenir ventrue comme la contrebasse, il faut que je surveille ma ligne. Je ne pense pas devenir comme le violon, ni même comme l'alto, quand même, mais je dois rester moi-même, quitte à me serrer la corde et à doubler les massages à l'archet.*»

— Tu es inspiré, aujourd'hui, Simon.

— Oui, le violoncelle est mon instrument classique préféré !

Jan sourit à cette remarque qui lui fit apprécier encore plus son ami.

Au détour d'une maison, ils aperçurent deux jeunes filles, d'environ une dizaine d'années, en train de s'installer dans une ruelle calme. N'ayant pas de pupitre, l'une tenait la partition dans le pli de ses coudes face à la fille au violon. Dès les premières notes, la musicienne fit vibrer les cordes sensibles ; son doux visage appuyé sur l'instrument, elle faisait de sa main gracile onduler son archer. Elle interprétait une œuvre cristalline, arrachant des notes mauves à l'instrument esclave qui accordait son âme. Le pupitre vivant tournait les pages à son amie. Jan et Simon étaient submergés par son jeu vrai et cette douce harmonie qui en dé-

coulait. Les rares personnes présentes les applau-
dirent avec le cœur et de grands sourires s'affi-
chaient sur leurs visages. Simon et Jan se regardèrent et se comprirent. Ils souhaitaient tous les deux
terminer cette fête sur ce moment magique.

15

Un matin, alors que Simon relevait son courrier, une lettre retint son attention. Les timbres venaient du Québec. Il s'empressa de monter à l'appartement pour l'ouvrir, les mains tremblantes d'émotion. Bonne ou mauvaise nouvelle? À l'aide de son coupe-papier, il ouvrit la précieuse enveloppe afin de ne pas risquer de l'abîmer. Il en sortit précautionneusement une feuille comme s'il s'agissait d'un trésor. En dépliant la missive, il reconnut tout de suite l'écriture de Lola. Il fut envahi par l'émotion au point de s'asseoir sur le canapé avant de prendre une grande respiration et d'en commencer la lecture.

Mon cher papa,
(c'était un bon début)
Pour mon anniversaire, je souhaiterais faire un petit voyage en France, pour te revoir et t'embrasser. Nos discussions sur Skype me laissent un goût de manque. Si tu es d'accord pour

me revoir, je serai à Paris le samedi 5 octobre vers seize heures et à Strasbourg vers dix-huit heures ensuite. Maman et Erwan vont bien, mais ne souhaitent pas revenir en France. Ils me chargent tout de même de t'embrasser. Je te laisse mon numéro de portable pour me répondre. À bientôt, j'espère.

Ta fille
Lola Miller

Simon était fou de joie. Il composa tout de suite le numéro de portable de sa fille pour tomber sur la boîte vocale : « Je viens de lire ta lettre et elle m'a mis en joie. Viens quand tu veux, Lola. Je serai heureux de te revoir et t'accueillir chez moi. Papa ».

Simon tournait en rond dans son salon dans une joie qui confinait à la folie. Il s'empressa d'appeler Jan pour lui annoncer la bonne nouvelle !

— Tu te rends compte, Jan, elle revient en France pour moi !

— Tu es son père après tout !

— Oui, mais elle était tellement petite quand leur mère les a emmenés au Québec...

— Elle aura un peu changé quand même !

— Nous nous reconnaîtrons, j'en suis sûr ! Les liens du sang ne se trompent pas !

— Je suis très content pour toi, Simon. J'espère qu'elle aussi pratique les échecs afin que tu puisses lui transmettre tout ce que tu as appris, et que la transmission se fasse par-delà l'Atlantique !

— Elle aimait bien jouer étant jeune, mais maintenant...

— Tu verras bien. Cela ne nous empêchera pas de continuer notre partie...

— Non, cela ne changera rien, rassure-toi.

— J'ai grand plaisir à l'entendre. À demain, Simon.

— À demain, Jan.

Simon alla faire quelques courses pour remplir le frigo, afin que Lola ne manque de rien à son arrivée.

Le jour de l'arrivée de Lola en France était enfin arrivé. Simon alla la chercher à la gare. Il avait tout de même une petite appréhension.

« Et si elle ne me reconnaissait pas ? Et si, moi, je ne pouvais pas la reconnaître ? »

Installé au milieu du hall central, Simon regardait de tous les côtés pour ne surtout pas la rater. Certaines personnes sortaient à l'arrivée, d'autres dans le hall central où s'effectuaient les départs. La magie opéra quand il la vit dans le hall central. La reconnaissance fut réciproque. S'ensuivit un gros câlin qu'ils firent durer longtemps. Lola était une belle trentenaire brune, les yeux bleus et un peu enrobée.

— Enfin, te voilà ! Tu es magnifique !

— Merci papa, tu n'es pas mal non plus.

— J'ai un peu vieilli, je suppose ?

— Tu ne vieillis pas, tu prends de la valeur.

— Quel plaisir de te revoir depuis tout ce temps.

Simon lui prit la valise à roulettes et ils se dirigèrent vers la Krutenau. Elle avait cet accent québécois que Simon adorait.

— Alors, raconte-moi le Québec !

— D'accord, mais demain si tu veux bien. J'accuse le coup du décalage horaire, là...

— Oui, bien sûr ! Tu restes combien de temps ?

— Seulement une semaine...

— C'est mieux que rien ! Si tu veux rester plus longtemps, pas de problèmes !

Lola et Simon marchaient d'un bon pas.

— C'est fou, dit Lola, je ne reconnais quasiment rien !

— C'est normal, tu avais dix ans quand tu es partie.

— Et maintenant, j'en ai trente ! Je suis partie d'ici il y a... vingt ans.

— C'est fou ce que tu calcules bien, dit Simon en souriant.

— J'ai grand plaisir à te revoir. Ton humour me manquait.

En passant par la place Gutenberg, elle vit la cathédrale Notre-Dame au bout de la rue Mercière.

— Elle, par contre, je m'en souviens très bien.

— C'est parce qu'elle n'a pas bougé. Elle est unique et inoubliable.

— Elle est toujours aussi belle !

— On prendra les marches pour monter sur la plate-forme ?

— Ok, mais pas aujourd'hui.

— Oui, demain...

Arrivée à l'appartement de Simon, Lola se laissa tomber sur le canapé en soufflant.

— Ça y est, j'y suis.

— Oui, tu es bien là, en chair et en os.

— Surtout en chair, répliqua Lola, en montrant ses formes généreuses.

— Tu n'es pas non plus en surcharge pondérale, tout de même.

— Non, mais je suis bien en formes...

— C'est tout de même plus agréable à regarder qu'une anorexique !

— On est bien d'accord. Et cela augmente ma surface de caresses !

Ils échangèrent un regard intense, confirmant l'immense plaisir qu'ils avaient à se revoir.

— J'ai du mal à réaliser que tu es là, devant moi !

— Je suis bien là, devant toi, dans ton canapé.

— Mais j'y pense, tu as peut-être faim ?

— Non, vraiment pas, j'ai mangé dans l'avion.

— *Fish or chicken*, je suppose ?

— Oui, le classique. Pas terrible comme d'habitude. Le poulet devait être assez âgé, et le poisson n'avait pas vu la mer depuis longtemps, ajouta-t-elle en souriant.

— Je t'ai préparé le lit dans ma chambre avec des draps frais, et je dormirai sur le canapé-lit.

— Tu es sûr ?

— Oui. Je veux que tu gardes un bon souvenir de ton séjour en Alsace, et pour que tu aies envie de revenir !

— Je te remercie, papa.

Sur ces mots, Lola se dirigea vers la chambre.

— Au fait, tu joues toujours aux échecs ?

— Oui, assez souvent, même. Mais pas aujourd'hui.

— Oui, bien sûr, j'ai bien compris. On en reparlera demain.

Lola souriait à son père.

— Que ta nuit soit douce, ma fille.

— Bonne nuit, papa. Et encore merci.

— Je t'en prie. Qui va t'accueillir si je ne le fais pas ?

Lola esquissa un sourire avant d'envoyer un gros bec et mettre ses doigts en forme de cœur à son père et de fermer la porte de la chambre.

Le lendemain matin, Simon avait déjà été chercher du pain et des croissants quand Lola émergea.

— Bonjour, papa, fit-elle en sortant de la chambre avec un immense ticheurte décoré d'un énorme smiley comme pyjama.

— Bonjour, Lola, bien dormi ?

— Oui, comme une marmotte !

Elle prit place à la table devant son bol.

— Café... ?

— Oui. Très noir et très fort. J'ai besoin de ça pour me réveiller complètement.

— Il y a du beurre et de la confiture de griottes, ta préférée !

— Oh, merci de t'en être souvenu.

Lola balaya la table du regard.

— Tu as oublié le pain de mie ?

— Non, ici nous avons du vrai pain. De la baguette croustillante et encore tiède, pour être précis.

— Ah, dit-elle avec une moue de désolation.

— Le pain de mie est rempli de produits mauvais pour la santé.

— Au Québec, on ne connaît que celui-là.

— En Alsace, on mange sainement.

À contrecœur, elle étala du beurre sur un morceau de baguette et ajouta une épaisse couche de confiture. Simon comprit alors l'origine de son embonpoint, mais ne dit mot. Il était tellement heureux qu'elle soit là avec lui qu'il évitait toute remarque désobligeante.

— Mmm, c'est super bon !

— Bien sûr que c'est bon. Il y a aussi des croissants.

— Avec du beurre et de la confiture, c'est possible ?

— Oui ! Fais comme tu le sens.

Ils prirent leur petit-déjeuner en le faisant durer pour prolonger le plaisir. Après la douche, et habillé de frais, Simon lui proposa une balade en ville. Il emmena sa fille sur les quais qui bénéficiaient de la belle lumière du matin. Elle voulait connaître les noms de tous les bâtiments qu'elle voyait. Simon lui expliqua volontiers, à la façon d'un guide.

— Le château des Rohan, le musée historique, l'Ancienne Douane, la place Gutenberg, la place Kléber, la place Broglie avec l'Opéra national du Rhin et l'inévitable place de la cathédrale et son monument emblématique de la ville de Strasbourg.

Simon l'entraîna place du Marché-Gayot que Lola trouva vraiment *cute*. Un restaurant avait suspendu sur une corde à linge des draps à sécher entre deux platanes. Gonflés par le vent, ils faisaient penser aux voiles d'un trois-mâts prêt à prendre le large. Cette petite place pavée, recouverte de terrasses en été, leur donna l'occasion de prendre le temps d'une boisson pour se récompenser des efforts fournis. Plus tard, en repassant devant la cathédrale, une petite visite intérieure s'imposa. Lola était subjuguée par la beauté des lieux et hypnotisée par la magnifique rosace.

— C'est une rosace gothique, érigée au XIIIe siècle.

— Elle est somptueuse ! À Québec, nous avons la basilique-cathédrale Notre-Dame, du XVIIe siècle, ornée de beaux vitraux, mais pas d'une rosace pareille !

Lola ne savait plus où poser les yeux, tellement le lieu l'émerveillait. En sortant de l'édifice, Simon leva les yeux et la provoqua :

— Alors, on monte… ?

— Il y a un ascenseur j'espère ?

— Non, il y a 330 marches pour monter et autant pour redescendre.

— Je ne vais jamais y arriver !

— Mais si ! Tu es jeune ! Allons, courage ! Tu verras, la vue est magnifique de là-haut. Après un petit regard désespéré, elle accepta l'ascension qui s'annonçait difficile.

— Mais… On y va *cool*, hein ?

— Oui, *cool*. À ton rythme.

Après avoir escaladé toutes les marches, marquant plusieurs pauses pour retrouver son rythme cardiaque, Lola arriva sur la plate-forme avec son père, le souffle court. Le temps de reprendre sa respiration, elle s'approcha de la rambarde pour admirer la vue.

— Ouah ! C'est magnifique ! Tu avais raison, cela valait le coup de monter.

Il laissa sa fille profiter du panorama des deux côtés de la terrasse pendant un long moment.

— Je suppose que tu as un peu faim, après cet effort ?

— Pourquoi « un peu » ?

Simon rit de bon cœur à cette remarque.

— Après l'effort, le réconfort.

— Tu as raison ! Nous avons le même nombre de marches à descendre. Après, je t'invite au restaurant.

— Ce n'est pas de refus ! Et amplement mérité, je pense !, dit-elle en amorçant la descente.

— La descente est tout de même moins pénible que la montée !

— Je te répondrai une fois en bas.

Simon sourit à cette réplique. Il était heureux qu'elle fasse quelques efforts physiques dont elle n'avait pas l'habitude. Il l'emmena en face, au restaurant de la Maison Kammerzell, le plus vieil édifice de Strasbourg encore en exploitation, datant du XVIe siècle. Ils trouvèrent une table avec vue sur la cathédrale pour faire plaisir à Lola, et commandèrent une choucroute pour deux.

— C'est bon, dit-elle entre deux bouchées.

— Il n'y en a sûrement pas à Montréal !

— Je ne sais pas, mais elle est certainement meilleure ici.

Simon eut un énorme plaisir à la voir apprécier les plats de ses origines. Pendant le repas, Lola lui racontait sa vie au Québec.

— J'exerce la profession d'infirmière à l'hôpital général de Montréal. Maman a retrouvé un poste d'assistante sociale plus calme et Erwan se plonge corps et âme dans le basket de haut niveau. De temps en temps il fait aussi le *walker*.

— Le… ?

— Le promeneur de chiens. C'est un petit job consistant à sortir les toutous de propriétaires n'ayant pas le temps de s'en occuper.

— Ah… d'accord !

Leur vie était paisible dans ce grand pays qui les avait accueillis à bras ouverts.

— Tu fais toujours du cheval ? demanda Simon en souriant.

— Mais non, tu sais bien que la dernière promenade équestre m'avait traumatisée.

— Ah bon ?

— Oui, quand le cheval s'est cabré, surpris par le vol d'une perdrix jaillissant des fourrés. J'ai failli tomber de ma monture et me faire très mal. Depuis, je me suis juré de ne plus jamais monter sur un cheval.

— Je m'en souviens, c'était juste pour te taquiner.

Lola lui envoya un regard ombrageux avec le sourire.

— Mais, en revanche, je te prends au bowling quand tu veux. À Montréal, nous avons une salle immense où je vais très souvent. C'est toi qui m'as fait aimer ce sport.

— Pas de chance, le bowling de l'Orangerie est fermé pour travaux pendant plusieurs années. Je te ferai signe à la réouverture, cela te donnera l'occasion de revenir voir ton vieux père.

Lola sourit en inscrivant cette invitation dans un coin de sa mémoire.

— Ta mère a refait sa vie ? osa-t-il.

— Non, elle prétend être heureuse avec ses enfants, même s'ils sont déjà grands et indépendants.

Simon eut alors un petit rictus ne signifiant rien de précis.

— Et toi, tu as un *chum* ?

— Tu connais ce mot-là, papa ?

— J'ai potassé un peu le québécois avant ton arrivée.

— Non, je n'ai personne. La vie est difficile et les rencontres encore plus… Et je travaille beaucoup, avec des horaires décalés, cela n'aide pas…

Simon s'aperçut de la gêne de Lola et n'insista pas.

74

— Et Erwan, il a une petite copine ?

— Non, il est tellement absorbé par ses compétitions de basket qu'il ne voit pas les gens qui l'entourent... Il faudrait qu'une fille lui saute dessus pour qu'il se rende compte !

— Vous avez le temps, vous êtes jeunes...

Lola lui fit un petit sourire pour lui faire comprendre qu'il était temps de changer de sujet.

Les jours suivants passèrent trop vite entre visites, balade en bateau-mouche et bons petits plats.

— On ne vient pas à Strasbourg pour faire du régime, dit Lola en posant une main sur son ventre rebondi.

Ils avaient eu de longues discussions où Simon avait souvent dû faire répéter sa fille, à cause de son fort accent québécois. Les soirées se passaient autour de parties d'échecs où Simon s'aperçut qu'elle avait un excellent niveau.

— Je joue avec Jan, dit Simon. Un ami qui m'apprend beaucoup de choses pour que je puisse transmettre ce savoir.

— Je fais la même chose à Montréal, dans plusieurs clubs d'échecs où je forme les plus jeunes. Moi aussi, je transmets mon expérience.

— Je suis très fier de toi, ma Lola. Tu as, toi aussi, le goût de la transmission.

— Tu vois, je suis bien la fille de mon père !

— Je n'ai aucun doute là-dessus !

Ce qui les fit rire tous les deux de bon cœur.

Après avoir écumé toute la ville, Lola vit arriver le jour du retour. Simon avait tenu à l'accompagner à la gare, en lui faisant promettre de revenir ne serait-ce que pour bien manger. Ils se retrouvèrent enlacés sur le quai.

— Reste surtout libre et indépendante, Lola !

— Promis, mon papa !

À l'arrivée du TGV, elle prit place en saluant, derrière la vitre, son père qui lui rendit son salut. Le train se mit en marche doucement et Simon accompagna Lola du regard le plus longtemps possible puis il se retourna pour qu'elle ne vît pas ses larmes.

16

Simon rappela Solveig quelque temps plus tard pour convenir d'un horaire afin d'aller voir le film *La Panthère des neiges*, de Vincent Munier et Marie Amiguet. Une projection avait lieu au cinéma Star Saint-Exupéry. Ils tombèrent d'accord pour la séance de dix-huit heures. Il venait d'atteindre le cinéma quand il la vit arriver ; sa chevelure noire de jais, maintenue par un bandeau coloré, faisait ressortir le bleu de ses yeux cernés de noir qui lui donnaient un air énigmatique. Elle prit les devants en faisant la bise à Simon, plutôt ravi de cette initiative, vu sa timidité maladive. Ils entrèrent dans le cinéma et Simon prit deux places. Une fois dans la salle, il lui demanda quel rang avait sa préférence. Elle choisit un fauteuil vers le milieu, à bonne distance de l'écran. Ils s'engouffrèrent dans la rangée pour se placer au milieu. À cette heure-là, la salle était presque vide et ils ne dérangèrent personne pour arriver à leur siège. Une fois installés dans les confortables fauteuils rouges, ils discutèrent en attendant le début de la projection.

— Désolé de vous avoir rappelé si tard, mais Lola, ma fille est venue du Québec pour me rendre visite. Je lui ai fait découvrir la ville où elle est née il y a quelques dizaines d'années.

— Mais je vous en prie, c'est important de garder les liens familiaux.

Simon appréciait cette réflexion intelligente.

— Vous habitez dans le quartier, Solveig ?

— Oui, pas très loin, en fait. Je tiens un magasin de fleurs et mon appartement se trouve au-dessus de la boutique.

— C'est pratique !

— Oui, je ne risque pas de tomber dans les bouchons pour aller à mon travail !

— Pas besoin d'un tire-bouchon !

Ils sourirent tous deux à ce jeu de mots.

— Je chante dans une chorale aussi !

— La chorale des oiseaux rares ?

— Non, le chœur des Philomèles !

Simon eut un regard interrogateur.

— C'est une espèce de rossignol.

— Je n'étais pas loin quand même !

Cette réplique les fit encore sourire tous les deux.

— Et vous, Simon, que faites-vous dans la vie ?

— Je joue aux échecs !

— C'est un métier ça ?

— Non, une passion. J'ai arrêté la vie active depuis quelques années déjà.

— Mais avant, quel était votre métier ?

— J'étais photographe indépendant.

— Vous avez couvert des conflits à l'autre bout du monde ?

— Non, mais j'aurais bien aimé. Je me suis rattrapé avec des voyages sur toute la planète et je ramenais des centaines de photos pour l'illustration de magazines et pour des photothèques. J'ai surtout travaillé en Alsace, mais aussi effectué quelques reportages pour des publications au niveau national et international.

— Cela devait être passionnant !

— Oui, et après avoir réalisé des photos professionnellement pendant plusieurs dizaines d'années, je me contente désormais d'en faire sans contraintes, uniquement pour le plaisir.

— Vous êtes un passionné !

— Oui, sans aucun doute. Je ne m'imagine pas partir en randonnée sans emmener un appareil.

La conversation s'arrêta alors que le film commençait. Ils restèrent scotchés, les yeux fixés sur la toile, tellement le spectacle était grandiose. Découvrir la panthère des neiges, ce rare félin discret des plateaux du Tibet était vraiment très intense. Les paysages de hauts sommets étaient somptueux.

Sans comprendre lequel des deux en avait pris l'initiative, leurs doigts s'entremêlèrent et ils se retrouvèrent main dans la main pendant que la panthère des neiges se faufilait à pas feutrés entre les roches de la montagne tibétaine enneigée. Son mimétisme avec le paysage était presque parfait. Impossible de l'apercevoir dans cet amas de roches pour un œil non exercé. Ce fut un moment intense, tant pour les images que pour le contact physique. La lumière revenue après le générique de fin, ils se levèrent pour quitter la salle. À l'extérieur, Simon proposa à Solveig de la raccompagner chez elle puisqu'il faisait nuit. Elle accepta avec un plaisir non dissimulé. Au bout de quelques pas, ils étaient déjà arrivés devant la vitrine du magasin de la fleuriste.

— Voilà, c'est ici.

— C'est un bon endroit pour la vente de fleurs ?

— Je n'ai pas à me plaindre, il y a pas mal de passage.

Simon était encore sous le coup de vision du film.

— Bien. J'ai du mal à revenir sur terre après ces magnifiques images.

— Je suis un peu dans le même état.

— J'ai encore un peu de chemin à faire avant d'atteindre la Krutenau. Je vais vous laisser.

— Merci Simon, ce fut une délicieuse soirée.

— Pour moi aussi, Solveig. On se revoit bientôt ?

— Avec grand plaisir.

Solveig prit encore une fois l'initiative en posant un doux baiser sur les lèvres de Simon. Elle lui sourit avant de passer la porte de chez elle. Simon prit le chemin du retour avec une grande sensation de légèreté et l'impression de ne pas toucher terre. Il se sentait invincible.

Lui qui n'aimait pas la pluie se fit surprendre par une averse soudaine. Même s'il sentait à peine les gouttes, il prit le temps de s'abriter sous un porche.

Il aperçut une jeune fille marchant nu-tête en poussant son vélo dans les flaques. Elle lui jeta un regard fugitif comme pour le questionner. Il pensait qu'elle allait lui parler, lui demander quelque chose, mais elle ne dit mot et souriait toujours en continuant son chemin sous la pluie qui mouillait sa blonde chevelure, terminée par une longue tresse et un chouchou rouge.

Il observa un couple s'embrassant sous la pluie, ce qui le fit sourire. « Finalement, c'est sympa la pluie, se dit-il. En même temps, ce n'est que de l'eau. » Le bonheur apparent de ce couple le réconcilia avec la vie et la pluie. Ils avaient l'air si heureux de ce baiser mouillé. Ils reprirent leur souffle un instant en se regardant intensément avec de grands sourires, et s'embrassèrent à nouveau fougueusement. « La pluie doit les stimuler », pensa-t-il. Il se voyait déjà les imiter avec Solveig... L'averse cessa aussi mystérieusement qu'elle était apparue. Il reprit sa route en essayant d'éviter de glisser sur la chaussée trempée et luisante ou dans un des nombreux ruisseaux formés par l'averse. Cette météo changeante lui fit sentir l'énergie de la ville qui s'adaptait à cette alternance de pluie et de beau temps et à toutes les températures.

À l'automne de ma vie, je ne pensais plus faire de rencontre. Je me disais que si cela devait arriver, c'était bien ; si cela n'arrivait pas, c'était bien aussi. Il est vrai que cela arrive toujours quand on ne s'y attend pas. Solveig est vraiment une chance inespérée. Évitons d'extrapoler. Au début c'est toujours beau, pour se gâter ensuite la plupart du temps. Il faudra encore plusieurs rencontres pour apprendre à mieux se connaître et envisager une suite... ou pas ! Mais la présence de Solveig me fait beaucoup de bien. C'est une personne avec qui je peux rester moi-même. C'est très important.

17

Alors que Simon arrivait dans le hangar pour reprendre la partie, il s'aperçut que les pièces de l'échiquier n'avaient pas bougé... et de l'absence de Jan.

— C'est bien la première fois que tu as autant de retard, Jan. Il est vrai qu'après la soirée au restaurant nous sommes rentrés très tard. Mais là, tu exagères ! se dit-il.

Il se mit en place et continua la partie. C'était à lui de jouer.

— Bon, je vais jouer en attendant qu'il arrive. Cela le fera venir ! dit-il à voix basse.

Simon se concentra et avança une pièce noire. Son coup joué, il montra des signes d'impatience, regarda autour de lui, jeta un coup d'œil sur sa montre et sur la place vide de Jan. Il prit son portable et tapa un SMS :

« Alors Jan, tu viens ? »

Au bout d'un moment, ne tenant plus en place, il se leva pour aller contempler de plus près les graffitis qui ornaient l'intérieur du hangar. Histoire de tuer le temps et se dégourdir les jambes. Il essaya de poser ses doigts sur le clavier du piano désarticulé et duquel ne sortaient que des sons sourds. « Il y a longtemps qu'il n'a pas été accordé », pensa-t-il en souriant. Il se concentra sur les graffitis.

— Il y a quand même des artistes doués ! Certaines œuvres sont vraiment superbes ! Quel talent !

Il continua d'explorer les lieux pour découvrir d'autres graffitis. L'attente l'énervant un peu, il commença à tourner comme un lion en cage en espérant la réponse de Jan. Il envoya un nouveau message :

« Allez, viens maintenant, je ne vais quand même pas finir la partie tout seul ! »

Il s'assit rapidement et se leva presque aussitôt en rageant. Il laissa l'échiquier en place et rentra chez lui.

18

Sans comprendre pourquoi, le souvenir de Laura lui revint en mémoire en marchant. Leur rencontre tenait du miracle. Dans le rayon des jouets d'une grande enseigne, elle s'affairait à choisir un cadeau d'anniversaire pour une petite fille. Une boîte dans chaque main, elle hésitait. Confondant Simon avec un employé du magasin, elle s'adressa à lui :

— Que me conseillez-vous pour une fille de six ans ?

Simon fut surpris par cette question, mais décida de jouer le jeu.

— Je vous conseille plutôt ce jeu de réflexion, si vous permettez, en montrant la boîte qu'elle tenait dans sa main gauche.

— Je pense que je vais suivre votre conseil avisé. Merci beaucoup.

— Je vous en prie...

Elle lui fit un grand sourire en lui donnant l'autre boîte et tourna les talons. Il rangea le jouet remis par Laura en souriant de cette situation ubuesque. Simon était également en train de choisir un jouet pour le fils d'un couple d'amis chez qui il était invité le soir même. Son choix se porta sur une figurine de bande dessinée que les enfants adoraient. Quand il arriva à la caisse, Laura faisait déjà la queue. Il se positionna discrètement derrière elle afin d'attendre son tour. Au moment de régler ses achats, Laura tourna légèrement la tête et vit Simon dans la file d'attente, qui accueillit sa surprise avec un grand sourire.

— Mais... Vous n'êtes pas du magasin ?

— Eh non, je suis un client, comme vous.

Elle mit la main devant sa bouche.

— Je suis vraiment navrée de vous avoir confondu avec un employé du rayon.

— Ce n'est pas si grave ! Vous aviez besoin d'un petit conseil pour faire votre choix, et je vous ai aidée avec plaisir !

Laura était tout de même assez embarrassée.

— Accepteriez-vous un verre pour me pardonner ?

— Vous n'avez rien à vous faire pardonner, mais cela me ferait extrêmement plaisir de prendre un verre en votre compagnie.

Laura émit un petit sourire entre gêne et plaisir. En sortant du magasin, ils prirent place à une terrasse voisine et commandèrent un Perrier rondelle pour elle et un diabolo menthe pour lui. Ils se regardèrent en chiens de faïence jusqu'à l'arrivée de leur commande, posée sur une table ronde métallique. Après avoir remercié la serveuse, Laura décida de rompre la glace en fixant les deux verres posés devant eux.

— On ne peut pas dire que nous soyons de grands alcooliques, dit-elle en souriant.

— Je bois rarement de l'alcool, car je ne tiens pas la route. Il m'arrive de prendre une bière en été pour me désaltérer, mais à la deuxième, j'ai les yeux qui brillent !

Laura sourit à cette remarque.

— Je suis à peu près dans le même cas que vous !

Ils levèrent leur verre pour trinquer et prirent une gorgée de leur nectar rafraîchissant.

Laura, la quarantaine rousse, les yeux d'un bleu intense et la peau laiteuse constellée de taches de rousseur, travaillait dans une agence immobilière du centre-ville de Strasbourg et habitait non loin de là. Elle s'excusa encore une fois pour cette méprise.

— Ce n'est rien, je vous assure...

Elle lui parla des difficultés qu'elle avait quand il fallait prendre une décision importante ou même anodine, comme le choix d'un jouet. Dans son métier, c'est le client qui prend la décision d'acheter ou pas, la soulageant de cette responsabilité. En discutant, leurs yeux se croisaient souvent, entre deux gorgées, jusqu'à rester fixés dans le regard de l'autre. Un attrait soudain les invita à se rapprocher. Personne n'avait calculé ce qui allait se produire. Laura régla les consommations et Simon la remercia.

— C'est surtout moi qui vous remercie de votre gentillesse et de votre patience, et surtout de ne pas m'en vouloir.

Simon se contenta de sourire. Debout, face à face, une force irrésistible les rapprocha au point que leurs lèvres se rejoignaient, sans pouvoir lutter contre cette force d'attraction. C'était le début de leur histoire qui dura plus d'un an, au bout duquel elle dut quitter Strasbourg pour Lyon où un poste intéressant lui était proposé dans une agence nouvellement créée. Simon, la mort dans l'âme, l'accompagna sur le quai de la gare et lui tracta sa valise. Arrivé devant son wagon, son regard triste reflétait encore l'hésitation. Après un long baiser passionné rempli de larmes, elle monta dans le train et disparut dans le wagon. Pour éviter son regard, Simon prit le chemin de retour en longeant le train. Un wagon plus loin, il entendit la voix de Laura. Elle était redescendue du train et se trouvait sur le quai, sa valise à la main. Elle courut vers

Simon pour se blottir dans ses bras.

— Je n'arrive toujours pas à me décider. M'éloigner de toi m'est trop difficile.

L'émotion les submergeait tous les deux.

— Tu auras peut-être une autre opportunité de poste bientôt !

— J'espère ! Peut-être même à Strasbourg !

— Pourquoi pas, ce serait génial !

Ils rentrèrent bras dessus bras dessous dans leurs appartements respectifs.

Simon l'avait soutenue afin qu'elle ait plus d'assurance. Après quelques mois de nouvelles recherches et de nouveaux espoirs déçus, on lui proposa un poste important à Paris, au siège de l'agence. Elle était en mesure de prendre ses propres décisions dorénavant, grâce à la confiance en elle qu'elle avait acquise.

Cette fois, elle resta dans le train...

19

Le matin suivant, la place de Jan était toujours vide. Simon composa son numéro sur son portable tout en observant l'échiquier.

— Apparemment, il n'a pas joué... En parlant doucement... Après plusieurs sonneries : ah, la boîte vocale, dit-il en râlant !

Il essaya de se calmer avant de lui laisser un message, car il détestait les messageries :

« Jan, c'est à toi de jouer, cela fait deux jours que tu es absent et la partie n'est pas terminée... Tu as peur de perdre ? Rappelle-moi quand tu auras reçu ce message. Merci ! »

Simon fit demi-tour pour repartir en se posant mille questions.

20

Une nouvelle sortie avec Solveig les emmena en montagne pour effectuer une des plus belles randonnées du massif des Vosges, le sentier des Roches. Il démarre au col de la Schlucht, à la limite des départements du Haut-Rhin et des Vosges. Fatiguée du samedi où elle avait eu beaucoup de clients dans son magasin, Solveig avait terminé sa nuit pendant le trajet en voiture. Simon dut la réveiller avec un baiser sur la joue. Elle mit un moment à émerger et à sortir de la voiture dont Simon avait déjà ouvert le coffre. Une fois les chaussures enfilées et le sac sur le dos, ils se dirigèrent vers le début de la balade, au bord de la route.

— Nous allons marcher les cent premiers mètres, là où commence vraiment le sentier, pour évaluer si tu penses pouvoir y arriver, vu ton problème de vertige.

— Avec toi, je pense pouvoir y arriver, Simon.

— Dans le cas contraire, ce n'est pas grave, on appliquera le plan B en accédant au sommet du Hohneck par la crête.

— Je pense que ça va aller, tu m'as dit que la paroi était équipée d'une rampe métallique quasiment tout le long du sentier.

— Oui, il vaut mieux s'assurer. Je le fais aussi !

— À défaut, je m'accrocherai à toi !

— Bien sûr, pas de problème !

Solveig décida de tenter l'aventure, car elle se sentait en confiance avec Simon. Dès le début, elle se tint au guide métallique équipant la paroi car de l'autre côté se trouvait le précipice.

— Si tu veux admirer le paysage, arrête-toi complètement sans lâcher la barre.

— OK, chef !

En avançant, Simon manqua de tomber en dérapant. Solveig émit un cri.

— Les pierres libres sont ma spécialité, ne t'inquiète pas !

Solveig n'était qu'à demi rassurée mais continua tout de même à avancer sur ce merveilleux sentier. À un endroit plus large, ils décidèrent de faire une petite pause vitamines afin d'être sûr d'arriver au bout du chemin. Simon avait extirpé de son sac un sachet de mélange d'arachides et de fruits secs. Ils grignotèrent quelques bouchées de cet apport d'énergie et burent chacun une gorgée d'eau. Une fois regonflés et prêts à poursuivre la route, ils se remirent en marche jusqu'au passage dans le rocher suivi d'une échelle métallique, signe du début de la descente. Simon lui raconta son histoire.

— La première fois que j'ai emprunté ce passage dans le rocher, il était si étroit que j'étais à quatre pattes en poussant le sac à dos devant moi. Il a été agrandi au fur et à mesure des années afin de pouvoir passer aisément aujourd'hui.

Le passage effectué, Simon s'immobilisa en posant son pied sur la première marche de l'échelle. Il parlait à voix basse.

— Regarde, Solveig, dit-il en pointant le doigt.

En effet, à quelques mètres d'eux se trouvait un chamois en équilibre broutant tranquillement.

— Il n'a pas peur, on dirait !

— Non, je pense qu'il a pris l'habitude de voir des randonneurs passer sur son territoire.

— Il nous tolère chez lui.

— Belle rencontre, non ?

— Magique… Belle surprise aussi !

— Avec un peu de chance, on en verra d'autres plus haut.

Ils gardaient un bon rythme malgré les arrêts pour admirer leur environnement, traverser les pierrées, que Simon détestait car particulièrement instables. Ils se retrouvèrent rapidement au pont de métal qui enjambe la rivière, annonçant la fin du sentier des Roches. Les derniers lacets escaladés, ils arrivèrent au bout du sentier.

— Voilà, dit Simon fièrement, tu as réussi ton premier sentier des Roches !

— Je mérite bien un bisou alors...

— Même deux !

Simon se pencha sur elle en l'embrassant à pleine bouche. Il se décolla de l'étreinte à regret pour la regarder profondément dans les yeux. Il revint à lui après quelques secondes avec un grand sourire.

— Nous allons continuer par la route forestière jusqu'à Frankenthal, la vallée des Francs, et faire un petit crochet par la tourbière où se côtoient les droséras et les linaigrettes.

— J'adore les linaigrettes, ces adorables petites boules cotonneuses.

Effectivement, celles-ci blanchissaient la tourbière. Quelques droséras minuscules étaient occupés à capturer des insectes avec leurs feuilles ourlées de poils gluants suivi d'un enroulement pour les piéger et les digérer. Solveig était heureuse de voir toute cette nature vivante et fleurie. Elle eut du mal à repartir.

En revenant de la tourbière fleurie à souhait, ils passèrent devant la ferme-auberge du Frankenthal. Ils s'installèrent un peu plus loin sur un rocher pour déjeuner, entourés de jonquilles, de gentianes jaunes et quelques lys martagon. Chacun sortit son casse-croûte du sac en se souhaitant un bon appétit. Ils savouraient chaque moment dans ce cadre enchanteur. Le déjeuner avalé, Solveig posa sa tête sur les jambes de Simon pour un moment de tendresse. Il posa sa main sur ses cheveux en les caressant. Entourée de fleurs, elle était dans son élément. Leur relation semblait prendre le chemin du bonheur.

Après cette délicieuse pause bien méritée et un nouveau baiser, ils prirent le chemin qui donne accès au Schaefferthal avant d'atteindre la crête, où le vent soufflait fort, et le sommet du Hohneck à 1362 mètres d'altitude. Une fois au sommet, ils prirent le temps d'admirer le panorama à 360° sur la plaine d'Alsace et eurent la chance d'apercevoir, ce jour-là, les Alpes bavaroises. Ils en prenaient plein les yeux.

Ils amorcèrent ensuite la descente par la crête et le chemin des névés, passant devant le Martinswand, un célèbre site d'escalade de la région. Ils longèrent le chaume des Trois-Fours et sa ferme-auberge, pour redescendre jusqu'au col de la Schlucht par la forêt. Arrivés fourbus à la voiture, ils se regardèrent avec un sourire radieux.

— Pas trop fatiguée ?

— Je suis morte, répondit-elle en se lovant dans ses bras.

Après un câlin et quelques étirements, Simon changea de chaussures et se mit au volant pour rentrer sur Strasbourg. Solveig, complètement épuisée, s'endormit à peine quelques virages après le départ et jusqu'à l'entrée dans Strasbourg. Il déposa Solveig devant sa porte. Elle avait du mal à émerger.

— Tu as passé une bonne journée ?

— Oui, merveilleuse ! J'en ai pris plein les yeux et les pieds. Je pense que je vais bien dormir cette nuit.

— Moi pareil.

Elle se pencha sur lui pour l'embrasser avant de sortir de la voiture, prendre ses affaires dans le coffre et disparaître en passant sa porte avec un dernier sourire.

21

Le lendemain matin, Simon se trouvait dans son appartement de la Krutenau, rue Paul Janet. Il pensait constamment à l'absence de Jan et sentait l'angoisse monter. Il entra dans la cuisine avec le journal sous le bras et le posa sur la table. Il s'assit à table pour essayer de prendre son petit-déjeuner, vu qu'il marchait au radar. Il attendait que la machine déverse son noir breuvage et se servit du café dans un bol et un peu à côté, étala du beurre et de la confiture sur une tranche de baguette coupée dans le sens de la longueur. Il y avait plus de confiture sur la table que sur la tartine.

Il se mit à fredonner : *La confiture ça dégouline...*

Il mordit dans sa tartine en laissant couler de la confiture sur la table et sur le journal en jurant. Seule la une était pleine de taches de confiture. Il arriva péniblement à terminer son repas en faisant tomber sa tartine une fois dans le bol et une fois sur la table, du côté confiture évidemment. Puis il débarrassa et essuya les taches sur le journal et sur la table. Il jeta la partie souillée par la confiture et prit les autres cahiers du quotidien pour s'installer dans le canapé du salon, une habitude qu'il avait prise depuis sa retraite.

Dans son salon, faisant également office de bureau, une grande table trônait au milieu de la pièce, à côté de son petit bureau où se trouvait son ordinateur. Mais pas seulement : son ordinateur portable était entouré de livres au point que Simon disparaissait derrière les énormes piles de livres entreposés là, quand il travaillait. Lecteur assidu, les livres remplissaient sa bibliothèque qui couvrait tous les murs, avec même quelques incunables, ainsi que la grande table où on n'aurait pu ajouter un ouvrage sans crainte d'un éboulement livresque. Si dans la bibliothèque les bouquins étaient rangés par auteur comme dans les librairies, ceux posés sur la table étaient classés par « livres lus » et « livres à lire ». Il suffisait d'un geste maladroit pour que les piles s'écroulent en se mélangeant et l'obligent à refaire toute la sélection. Ce qui lui était arrivé plusieurs fois, cela va sans dire.

En parcourant les pages du journal, il mit de côté le cahier sport ne l'intéressant pas et arriva à la rubrique nécrologique. À un moment, il se figea complètement à la lecture d'une annonce.

« Oh non ! Jan !

Son regard était figé sur la petite annonce.

Jan Olsson. Nooon ! Ce n'est pas vrai ! »

Il comprit alors la raison de son absence. Il était sidéré par cette nouvelle. Il s'affaissa sur le dossier du canapé et laissa échapper une petite larme.

« Non, Jan, ce n'est pas possible ! La mort, c'est ta dernière bêtise ! Tu ne peux pas me lâcher maintenant, sinon tu es échec et mat ! »

Simon était tellement désemparé qu'il resta un long moment dans sa position. Le chuintement des roues de voitures sur la route mouillée lui indiqua qu'il pleuvait copieusement. Il réagit et se leva pour sortir un peu et changer d'air, sans sentir la pluie dégoulinant sur sa tête, qui nettoyait la ville.

22

Simon déambulait dans les rues du quartier de la Krutenau pour accuser le choc de la disparition de son ami. Il errait comme un somnambule au regard vague... Il prit place sur un banc, se releva, toujours dans un état second. Des gens le saluaient sans qu'il prenne la peine de leur répondre. Il les ignorait complètement, plongé dans un état léthargique depuis la lecture de l'annonce du décès de son ami Jan. Il avait l'impression d'être enfermé dans une prison mentale. De sa petite cellule, faire du bruit en criant ne servait à rien. Les bruits et les cris étaient sourds. Personne pour les entendre. Personne pour réagir, pour intervenir... Personne pour se douter de sa solitude, personne pour la combler, personne... Comme une envie de se taper la tête contre les murs, mais cela ne servirait à rien. Ce n'est pas le mur qui aurait mal. Il se sentait bien seul en ce moment de peine, de douleur. Il était démuni, perdu comme un satellite errant dans l'espace.

Arrivé sur le quai des Bateliers noir de monde, il leva à peine les yeux. Tous ces gens circulaient dans tous les sens et lui donnaient le tournis. Ils le faisaient penser à une multitude de têtards grouillant dans une mare. Il avançait sans vraiment savoir où il allait, sans doute nulle part. Miraculeusement, il ne bouscula personne. Un couple marchait devant lui. Le jeune homme exprimait son désaccord sur des formules chimiques ou mathématiques. La dame aux longs cheveux gris approuvait plus ou moins en essayant de placer, ici ou là, un mot, voire une phrase complète, mais sans y parvenir. Il décida de se changer les idées en se rendant au *Café Atlantico*, une péniche amarrée au quai des Pêcheurs, où il avait ses habitudes. Le passage des bateaux-mouches provoquait des petites vagues, faisant tanguer le bateau et occasionnait des remous dans le verre. Il entra en saluant le barman, qu'il connaissait bien.

— Salut Bruno, j'ai besoin d'un alcool fort, s'il-te-plaît !

— Salut Simon. Vraiment ?

— Oui, vraiment. Disons... un cognac !

— Ok, mais c'est fort ! Tu n'as pas l'habitude de boire de l'alcool !

— Rassure-toi, c'est exceptionnel !

Bruno observait Simon. Il n'avait pas son air habituel, se dit-il en lui apportant son cognac.

— Tu as un souci, Simon ?

— Je viens de perdre mon meilleur ami, Jan, également mon adversaire aux échecs.

— Ah, je comprends. C'est triste. Il est mort de quoi ?

— En fait, je n'en sais rien. Comme il vivait seul et n'avait plus de famille, j'ai appris sa disparition ce matin dans le journal. Je ne connaîtrai probablement jamais la cause de son décès. Il n'était pas vraiment malade, mais marchait au ralenti comme les gens de son âge.

— Il était âgé, non ?

— Plus ou moins quatre-vingt-dix ans. Même lui ne se souvenait plus exactement de son âge. Je pense qu'il s'en foutait. L'âge important est celui de la tête et du cœur, disait-il souvent.

Les deux hommes se regardaient avec un air affligé.

— Le problème, reprit Simon, c'est qu'il m'a lâché en pleine partie et en plus, c'était à lui de jouer. Je ne peux définitivement pas jouer seul, j'ai besoin d'un adversaire. Je n'en connais pas de son niveau, pouvant me faire progresser afin de pouvoir transmettre mes connaissances.

— Je ne peux pas t'en conseiller, malheureusement, je n'en connais pas.

Simon se torturait.

— Comment trouver un partenaire du niveau de Jan ? Je ne vais tout de même pas retourner au club d'échecs pour chercher une personne capable de me faire évoluer ! La plupart des membres sont trop jeunes et inexpérimentés : ils ne pourraient rien m'apprendre que je ne sache déjà. Je vais bien finir par trouver une solution à un moment où un autre...

— Mais oui, tu vas y arriver !

Bruno retourna derrière son bar et Simon regarda autour de lui. Peu de clients, aujourd'hui. Juste un jeune couple, la tête penchée sur leurs téléphones derrière leurs boissons colorées agrémentées d'un petit parapluie de papier, aimantés par le petit écran qui annihile toute forme de dialogue. Leur seul contact était un petit sourire de temps à autre, quand l'un montrait l'écran à l'autre et attendait sa réaction : bonjour la communication... Le portable, ce petit appareil qui rend idiot. L'homme avait le cheveu noir, barbu avec un petit catogan, et la fille, superbe, mince, tatouée sur les deux bras, les cheveux bleus ; toute une collection de piercings dans le nez, les oreilles, les sourcils et les lèvres, lui donnait un air de guirlande ambulante. L'autre table était occupée par un couple de touristes sans doute, qui discutaient dans une langue étrange tout en dégustant un des meilleurs brunchs de la ville avec une vue imprenable. Ils admiraient l'arc-en-ciel que le soleil formait dans le jet d'eau installé au milieu de l'Ill et le passage bruyant de plusieurs canoés colorés, tout en faisant des commentaires. Simon décida de rentrer chez lui pour y noyer son chagrin avec d'autres breuvages.

23

De retour chez lui, Simon se remémora l'histoire que son ami Jan, très fier de son cousin Félix, lui avait racontée il y avait quelques jours à peine, en prenant un verre en terrasse au *Café Berlin*, place d'Austerlitz.

« Mon cousin Félix avait rejoint la Résistance à quinze ans, plus précisément le réseau de la Main noire. Ce nom symbolisait la main vengeresse qui s'oppose aux affronts nazis faits à l'Alsace. Trop jeune pour m'engager dans la lutte contre l'occupant, j'effectuais tout de même quelques livraisons de paquets ou de lettres, sans connaître exactement le contenu des courriers et des colis. Félix me trouvait trop jeune pour être mêlé aux actions de la Résistance. Je « jouais » au facteur pour rendre service à mon cousin, en parfaite innocence. Ce n'est que quelques années plus tard que j'ai eu connaissance des véritables actions de la Main noire.

La Main noire était un réseau de jeunes adolescents résistants créé en septembre 1940 à Strasbourg par Marcel Weinum, alias « Schmitt ». Composé de garçons entre quatorze et dix-huit ans, ils affrontaient l'occupant, à l'insu de leurs parents, en dessinant des croix de Lorraine et des inscriptions patriotiques sur les murs de la ville. Ils peignaient les boîtes aux lettres de la Reichspost aux couleurs françaises, coupaient régulièrement les câbles téléphoniques de l'armée allemande...

Dès octobre 1940, ils commencèrent les sabotages des installations de chemin de fer et des postes de transmission de la Wehrmacht, volèrent le contenu des voitures allemandes stationnées et crevèrent leurs pneus. En décembre 1940, il y eut une escalade dans la Résistance. Ils redoublèrent d'audace en lançant des grenades, récupérées au fort Ulrich-Hoch à Illkirch-Graffenstaden, contre les vitrines arborant le portrait d'Hitler. Ils récupéraient aussi des munitions dans les fortins abandonnés de la ligne Maginot. Au plus fort de la contestation, Marcel Weinum, 17 ans et Albert Uhlrich, 14 ans, avaient lancé chacun une grenade sur la voiture du *gauleiter* Wagner, le plus haut responsable nazi en Alsace, le 8 mai 1941. Celui-ci en réchappa, car absent de sa voiture au moment de l'attentat. Marcel Weinum et Ceslav Sieradzki, 16 ans, furent arrêtés le 20 mai à la frontière suisse. Les 18 et 28 juillet, tout le réseau fut arrêté suite aux confidences que Ceslav avait faites à un « mouton », un détenu placé dans sa geôle pour lui soutirer des renseignements. Ils subirent un interrogatoire musclé pendant plusieurs semaines, avec tortures et pluie de coups sur toutes les parties du corps. Marcel Weinum fut condamné à mort et décapité le 14 avril 1942 à Stuttgart, à l'âge de dix-huit ans. Ceslav Sieradzki fut abattu sommairement dans le camp de Schirmeck, le 12 décembre 1941 en criant « Vive la France ».

Après la chute du réseau où il fabriquait des explosifs artisanaux, Félix fut arrêté et incorporé de force dans la Wehrmacht comme de nombreux Malgré-Nous, et porté disparu sur le front de l'Est.

Une plaque commémorative, apposée sur la façade du collège épiscopal Saint-Étienne à Strasbourg, rend hommage à tous ces jeunes courageux morts pour la libération de l'Alsace qu'ils avaient tant aimée.

24

Pour se changer les idées, Simon décida de faire un peu de rangement dans son appartement. Comme cela lui arrivait de temps en temps : du rangement par le vide. En fouillant dans ses paperasses, il tomba nez à nez avec un texte surréaliste qu'il avait écrit de nombreuses années avant et le lut à voix haute :

L'influence du scoubidou sur les pingouins de l'hémisphère nord
Ils sont plusieurs millions de couples à subir son influence néfaste. D'où l'importance et l'actualité brûlante du sujet. Ces pauvres bêtes aux bras dépourvus de doigts seraient incapables d'esquisser le début d'un vol. D'où leur complexe grandissant et leur fureur de baisser les bras devant cet effort inhumain, surtout pour un animal. Même les phoques s'y sont lamentablement froissé les nageoires. Et ces gros nou-

nours blancs que sont les ours polaires ont voulu essayer aussi – je suis plus gros, donc plus malin –, et usant de toute leur patience ont commencé à mettre ensemble des quatre fils pour débuter la fabrication d'un scoubidou. On pourrait croire qu'avec leurs griffes acérées ils réussiraient mieux que les autres infirmes ; que nenni ! Sitôt le début, consistant à faire le nœud, ils s'emmêlaient les griffes serties au bout de leurs grosses pattes maladroites.

N'y a-t-il donc personne capable de réaliser un scoubidou sur cette banquise ?

- Les pingouins : trop manches ;

- Les phoques : trop flasques.

- Les ours : trop patauds.

Verra-t-on disparaître l'aura du scoubidou dans l'Arctique ? Je ne pense pas. Car l'espoir est permis ; il est vrai qu'il y eut des essais aussi nombreux qu'infructueux comme l'incursion d'un hula-hoop. Les ours bien sûr avec leur pull griffé furent les premiers à vouloir conquérir l'objet : mais essayez donc de faire du hula-hoop à quatre pattes ! Un phoque, plus rusé qu'un dindon, voulut s'y mettre aussi afin de ridiculiser ces gros flocons membrés. Animal aquatique, le phoque pensa qu'il était plus aisé d'essayer dans l'eau ; le hula-hoop étant très léger, ils se retrouvèrent souvent séparés de leur cercle, bien que non polaire. Les pingouins enfin, toujours debout, pensèrent arriver sans efforts à apprivoiser la bête circulaire. Là encore, ce fut un échec cuisant : vivants toujours en colonies, l'espace qu'ils avaient réservé par internet ne suffisait pas à s'exercer gaiement. Ce fut la débandade et l'abandon définitif des anneaux, le divorce étant possible dans les colonies de pingouins. Toujours est-il que le sujet qui nous intéresse, ne fut pas non plus une mince affaire. Le seul essai fructueux relaté dans la Gazette de la Banquise – dont le slogan était « Des nouvelles toujours fraîches » – fut celui d'un ours blanc qui réussit un jour à confectionner un scoubidou blanc qu'il ne fut pas long à faire tomber dans la neige, qui, extraordinairement, avait la même couleur ce jour-là. Grande panique. Tous se mirent à chercher – ou à faire semblant de l'aider – car ce sont tous bonnets blancs et blancs bonnets. En vain ! Le seul, l'unique scoubidou entier avait fini par se perdre dans cette poudre et ne fut jamais retrouvé. Et l'ours, s'en alla la tête honteuse dans la plaine blanche. Quand vous verrez des images d'ours polaire sur une banquise, vous vous apercevrez qu'il marche toujours la tête en bas en flairant. Il cherche toujours le scoubidou.

La lecture de ce texte lui fit oublier sa peine quelques instants et lui remit du baume au cœur.

Il tomba également sur une boîte à chaussures, emballée et ficelée comme un cadeau, que sa mère lui avait laissée. Après l'avoir ouverte, il tomba sur des photos et des lettres signées Florine ; il s'empressa de les regarder, de sortir les feuilles des enveloppes et de les lire. Il put se faire une image assez précise de cette femme dont personne ne lui avait jamais parlé et qu'il aurait bien aimé rencontrer. Après avoir pris une enveloppe au dos de laquelle se trouvait l'adresse, il décida de se rendre à Bergheim pour retrouver sa trace.

Florine, la tante espiègle et originale, était marginalisée par les autres membres de sa famille pour une raison futile : elle préférait les femmes. Quand les choses commencèrent à mal tourner, elle s'était retirée à Bergheim, près de Sélestat, où elle avait refait sa vie avec Pauline. Sa compagne n'était pas du goût de ses sœurs, toutes trois mariées et mères de famille. Mais Pauline était rapidement repartie vers d'autres aventures. Florine était une femme libre et indépendante, ce que peu de monde peut comprendre. Cela dérange toujours les personnes bien-pensantes quand on ne vit pas comme eux. Quand on ne suit pas les préceptes imposés par la société voulant nous transformer en bons petits soldats, on est tout de suite taxé de marginal voire de paria. Allergique à l'informatique, elle n'avait pas d'ordinateur et communiquait avec ses sœurs que par lettres postées dans son village. Lors d'un voyage en Inde, elle avait rencontré une femme plus âgée, occupant le siège à côté d'elle dans l'avion. Elles avaient très vite sympathisé. Le hasard fit qu'elle habitait à Sélestat et, au retour, elles se mirent à habiter ensemble très vite. Mais personne n'avait jamais su si c'était de l'amitié ou un peu plus. L'imagination alla bon train jusqu'au jour où, quelques mois plus tard, elle se retrouva seule après le décès de son amie. Florine supportait vraiment mal de se retrouver à nouveau sans compagnie. Personne de son entourage ne l'aida à garder la tête hors de l'eau, surtout sa famille qui se réjouissait secrètement de ce petit évènement. À cette période de sa vie, elle faisait souvent des rencontres avec des gens bizarres, avec à chaque fois des ruptures douloureuses. Le mal-être la reprenait à chaque fois, suivi de dépressions. L'âge venant, ses rapports avec les humains changeaient ou évoluaient, selon son point de vue. Malia, sa dernière compagne, avait la peau caramel, héritée de son origine africaine. Ce qui, bien sûr, ne plut pas du tout à sa chère famille bien coincée. Florine leur demandait d'élargir leur état d'esprit, sans succès. Elle en a entendu, des critiques plus débiles les unes que les autres.

Florine leur demanda d'essayer de comprendre au lieu de juger. Mais rien n'y fit. Ses trois sœurs avaient des idées bien arrêtées dont elles ne se départiraient jamais. Elle ignora alors leurs moqueries stupides et continua à vivre sa vie sans tenir compte de leur avis.

Elle aimait aussi prendre des risques. Son voyage en Égypte annoncé, les questions et les inquiétudes montèrent à la surface. Malgré leur ressentiment, ses sœurs lui demandèrent de renoncer à ce projet fou, l'Égypte n'étant pas un pays très sûr. Un attentat terroriste, quelques années auparavant, avait fait plusieurs victimes sur le plateau de Gizeh, là même où se trouvent les pyramides. Bien entendu, avec son esprit de contradiction, elle refusa de remettre son voyage. Le danger représentait pour elle une certaine excitation et une raison supplémentaire de se rendre dans ce pays et de contredire ses sœurs. Les membres de sa famille ne pouvaient comprendre ce geste, car elles n'avaient jamais pris de risques dans leur vie bien installée.

Bien entendu, sa semaine égyptienne se passa sans encombre, à admirer les merveilles de ce pays, ce qu'elle fit remarquer sur une carte postale envoyée à ses sœurs avec une certaine pointe d'ironie. Des voitures de police garées dans les villes, des gardes armés de Kalachnikov et les policiers en civil portant des pistolets-mitrailleurs à la ceinture, assuraient la sécurité dans tous les lieux touristiques. Elle se sentait en complète sérénité. Les couleurs des hiéroglyphes, dans les tombes des pharaons, étaient tellement vives qu'on aurait pu les croire peintes de la veille. Elle refusait les diktats et les interdictions autant que les obligations. Elle tenait trop à sa liberté. Les années suivantes lui donnèrent raison. Elle était bien dans sa peau et dans la vie qu'elle s'était choisie. Florine était et restait une rebelle. Elle ne se mêlait jamais des affaires des autres et n'acceptait pas que quiconque s'immisce dans sa vie. Le respect doit être réciproque. Elle ne ramenait jamais de souvenirs de ses voyages. Ce qu'elle avait vu et ressenti lui suffisait pour garder en souvenir les meilleurs moments et les ressortir d'un tiroir de sa mémoire le moment voulu. Ce qui la faisait sourire sans que personne ne comprenne pourquoi. Cela l'amusait beaucoup.

Les liens de famille brisés par l'incompréhension lui faisaient de la peine, mais la situation restait inéluctablement bloquée. Cette attitude la rendait triste, mais elle n'y voyait malheureusement pas d'issue possible. Elle avait bien sûr des amis qu'elle fréquentait assidûment, constituant pour elle une famille de substitution.

Florine vivait au jour le jour, et ne faisait pas de plan sur la comète. La vie est trop précieuse pour se perdre en futilités. Les voyages aussi, elle les décidait au dernier moment après avoir hésité long-temps. À chaque fois, elle était ravie de son choix et, au retour, pensait déjà à la prochaine escapade dans un pays inconnu, histoire de faire des rencontres et de remplir sa tête d'images heureuses et colorées.

Quand sa compagne perdit la vie dans un accident du travail, ce fut l'échec de trop. Sa famille, secrètement ravie de cette nouvelle, ne se rendit pas à l'enterrement, trop contente de se débarrasser d'une personne qu'ils avaient préféré juger et ignorer. Florine, ne supportant pas cette absence, suivit sa compagne dans la tombe quelques semaines plus tard. Les trois sœurs furent dépitées et accablées malgré tout par la peine causée par la perte de leur sœur, sans jamais avoir compris sa liberté.

L'indépendance et la liberté ont un prix : le vide se fait autour de soi, et surtout de devoir faire un choix de personnes intéressantes pour se constituer un réseau d'amitié dans l'honnêteté. Difficile de faire confiance à des inconnus, mais le risque est parfois nécessaire pour avancer dans la vie. Après plusieurs échecs, la réussite peut se trouver dans une rencontre inattendue, comme une carte du destin. Tout notre chemin de vie dépend des décisions que nous prenons. Elles sont parfois influencées par d'au-

tres personnes, mais on finit bien souvent par garder celles prises après mûre réflexion. Vous pouvez faire une rencontre qui vous dévie de l'idée première avant d'y revenir rapidement.

25

Le lendemain matin, Simon se rendit à Bergheim, comme prévu, pour essayer d'en savoir un peu plus sur Florine, cette mystérieuse tante réapparue grâce à des photos, des lettres et des cartes postales contenues dans une boîte à chaussures. Sur la route, une camionnette de chantier le précédait avec tout un fatras sur le plateau. Son attention fut attirée par une pelle, glissée verticalement dans un tube de PVC dont le godet tournoyait sous le vent. Il se dit qu'il valait mieux prendre ses distances, au cas où. À peine s'était-il éloigné du véhicule que la pelle s'envola de son étui pour terminer sa course sur la chaussée, une voie rapide. Seul un bon réflexe, un coup de volant rapide, lui permit d'esquiver l'outil et l'accident que cela aurait pu engendrer. Ses appels de phares n'eurent que peu d'effet, le véhicule continua sa route sans ralentir. Le conducteur ne s'était vraisemblablement rendu compte de rien. Il se remit de ses émotions et continua sa route. Le véhicule de chantier fit plusieurs kilomètres avant de s'arrêter, d'autres conducteurs lui ayant sans doute fait des signes avant qu'il ne comprenne.

Arrivé à Bergheim après avoir traversé la zone pavillonnaire, il se gara sur la gauche au premier parking de la ville. En remontant la Grand'Rue de cette cité médiévale, construite à l'emplacement d'un ancien camp romain, fortifiée par Henri de Ribeaupierre en 1312, Simon avait l'impression d'entrer dans l'Histoire. La ville est située dans une région riche entourée de vignes. Entre 1530 et 1664, elle donna asile à 752 personnes ayant commis des délits mineurs. En 1534, un habitant ayant obtenu protection et ayant eu la vie sauve fit ériger, par reconnaissance, un petit monument allégorique près de la Porte Haute. Cette sculpture représente un personnage appelé *Lack'Mi*, qui dévoile son derrière pour narguer ses poursuivants. En Alsace, c'est devenu une célèbre insulte en dialecte. Entre 1582 et 1683, ce fut la terrible « chasse aux sorcières », avec plusieurs dizaines de femmes brûlées vives. D'autres furent pendues ou moururent sous la torture.

Simon passa à côté de l'imposante église paroissiale de l'Assomption de la Bienheureuse Vierge Marie. De style gothique, elle fut construite entre 1320 et 1347. Il prit l'escalier le menant à l'entrée principale où un panneau indiquait la fermeture du bâtiment pour travaux. Après avoir admiré le tympan de l'Adoration des Mages, au-dessus de la porte principale, il visita le jardin des Sorcières où se trouvent toutes sortes de plantes et d'herbes, des simples utilisés pour les philtres d'amour, onguents ou autres remèdes censés guérir les gens et les animaux. Il fit le tour de l'église et reprit les escaliers pour redescendre et prendre la Grand'Rue pour se rendre à l'hôtel de ville. La mairie, l'ancienne *Herrenstube*, date de 1760 et 1767. C'est une impressionnante bâtisse avec une façade de grès rose. En passant à côté de la fontaine du XVIe siècle, place du Docteur-Pierre-Walter, le *Marikplatz*, il s'arrêta un instant pour écouter l'eau s'écouler dans le bassin en une douce musique. Puis, un peu plus loin, voyant une maison rouge étroite dotée de deux fenêtres décorées de géraniums, alignées verticalement et surplombées d'une mansarde, il fut sûr que sa tante Florine habitait là. Mais il lui sembla que cela ressemblait plutôt à l'arrière de la demeure. Il décida de contourner l'îlot de maisons et se retrouva dans la Grand'Rue où, effectivement, il vit la façade, engoncée entre deux grandes bâtisses. Il vérifia l'adresse du *38 Grand'Rue* au dos d'une enveloppe et en eut la confirmation. Il chercha le nom de *Mérelle* sur la boîte aux lettres et sur la sonnette, mais il ne correspondait pas. Il avait vraisemblablement été remplacé par le nom des nouveaux locataires. Il fut tenté de sonner pour se faire ouvrir et espérer ainsi pouvoir visiter l'appartement, mais il n'osa pas. Sans doute que les nouveaux occupants avaient tout changé après le décès de sa tante, survenu il y avait quelques années déjà, et qu'ils ne l'avaient probablement pas connue. La maison étroite, coincée entre des bâtiments imposants à colombages, reflétait parfaitement la frêle silhouette de Florine vue sur les photos trouvées dans la boîte à chaussures. Il se dit qu'elle avait dû vivre ici ses plus belles années, loin de l'agitation de la ville et de l'incompréhension de sa famille. Il pensait qu'elle avait été heureuse ici. Il s'imagina un moment cette mince petite femme derrière la fenêtre, mais il ne vit même pas le rideau bouger. Il prit plusieurs photos de cette charmante petite maison, seul souvenir palpable de cette tante avec laquelle il se serait sans doute bien entendu. Lui-même était un peu rebelle aussi envers des parents qui l'avaient abandonné dans sa jeunesse. Il se sentait lié à la vie de Florine par empathie et regrettait de ne l'avoir point connue. Il eut du mal à quitter cet endroit avec lequel il se sentait en phase, mais après un long moment, il reprit la Grand'Rue où il vit un magnifique cadran solaire peint de 1711, qui indique les heures, les demi-heures, les quarts d'heures, les changements de saison, la position du soleil dans le zodiaque, la date de l'année à quelques jours près, ainsi que l'heure du lever et du coucher du soleil. L'inscription du cadran rappelait la précarité de la vie : *Sicut umbra fugit vita*, signifiant « Comme une ombre fuit la vie ». Il se dirigea ensuite vers la Porte Haute où il croisa le *Lack'Mi* dévoilant son postérieur, et poussa jusqu'au vénérable tilleul presque millénaire du *Herrengarte*, planté en 1313 et sous lequel, déjà au XIVᵉ siècle, se tenaient des fêtes populaires. Son tronc a un diamètre de 1,80 m et, malgré les intempéries et un incendie en 1917, il continue de fleurir tous les ans. C'est le plus vieil arbre du Haut-Rhin. Simon revint sur ses pas en empruntant la Grand'Rue, la *Mettelgass*, une rue pavée bordée d'énormes platanes, dont certains très fatigués, et qui suit un ruisseau muni d'un batardeau, flanqué de bacs fleuris de différentes espèces mais majoritairement de géraniums, un des symboles de l'Alsace. Puis il descendit jusqu'à l'église. Il décida alors de prendre le chemin des Remparts en commençant par le côté sud. Remparts qui enserrent complètement le village muni d'un fossé. Dès le début, s'offre une superbe vue sur la ville médiévale. À un moment, un panneau indique l'emplacement d'une tour d'assaut érigée en 1512, une arme de siège. Ces tours sur roues, remplies de soldats, faites de bois et de peaux, étaient avancées au pied des murailles pour permettre l'assaut contre les défenseurs postés sur le mur d'enceinte. Une réplique en fer a été posée à l'endroit où une des tours entrait dans la bataille. La rue des Remparts sud continue avec une vue sur plusieurs tours demi-rondes et de solides bâtisses. Puis il continua son chemin de l'autre côté de la rue qui devient, après le panneau *Remparts du XIV* siècle, la rue des Remparts nord. En suivant le chemin des fortifications, ponctué de tours flanquantes surplombant le fossé extérieur, on voit couler le petit ruisseau du Bergenbach. Il vit alors la tour Deiss, la première, surmontée d'une maison encore habitée. Une deuxième tour ronde, la tour Fahrer, précédait une autre tour de défense, la tour de la Poudrière, avec un toit pointu et trois belles gargouilles en forme de bec d'oiseau ; puis vint la tour Schwein, surmontée d'un bâti carré, sans doute un rajout. Il passa enfin devant la tour des Sorcières, une tour ronde crénelée, défendue par une belle canonnière à tir plongeant. Une dernière, la tour carrée, la plus ancienne, apparemment habitée, révèle en arrière-plan la silhouette majestueuse du Haut-Kœnigsbourg, château du XIIᵉ siècle, se détachant sur la crête. C'est l'un des monuments les plus visités de France.

Simon se retrouva à son point de départ, mais décida d'explorer encore un peu cette magnifique cité. Il alla jusqu'à la place du Marché-aux-Échalas, le *Stakemarik*, où trône une magnifique fontaine datée de 1721, de forme octogonale, décorée des armes de Bergheim et de nombreux géraniums. La partie supérieure est en fonte, ornée de deux griffons à tête humaine. Dans une commune viticole, les échalas sont des piquets de bois, de longueur variable, servant à soutenir une plante, un arbuste, pendant les premières années de sa vie, mais surtout les ceps de vigne. Il se dirigea ensuite vers l'ancienne synagogue dans la rue des Juifs, la seule synagogue en Alsace se trouvant encore à l'emplacement où elle avait été construite au début du XIVe siècle. Après quelques photos prises dans les rues, il décida de rentrer. Sur le chemin du retour, à un moment, il fut surpris par une buse variable jaillissant d'une haie tout près de sa voiture. Elle s'envola en touchant, du bout de l'aile, le toit du véhicule. Dans le rétroviseur, il vit l'oiseau s'envoler sans demander son reste, ce qui le rassura. « C'est mon jour de chance », se dit-il en souriant.

26

Simon se retrouva au cimetière nord de Strasbourg, celui de la Robertsau, pour l'enterrement de Jan. Il faisait grand soleil ce jour-là. Dans la large allée centrale bordée de peupliers, une foule de noir vêtue, une rose à la main, se dirigeait vers le centre funéraire où l'on procède également aux crémations. Dans cette nuée humaine se trouvaient des gens aux figures de circonstance, le regard au sol, une larme au coin de l'œil. Une jeune fille, tout sourire, plaisantait avec un ami en comparant la fleur qu'ils allaient offrir à la famille du défunt : une rose blanche contre une rose rouge, laquelle sera la plus appréciée ? Un autre avait un regard perdu. Il se demandait sans doute ce qu'il faisait là et pourquoi il était venu accompagner une amie qui avait insisté lourdement pour venir alors qu'il ne connaissait pas la personne décédée. Cela lui faisait une sortie, même si elle n'était pas très joyeuse. Il était persuadé que l'ambiance n'était pas vraiment aux rencontres, amicales ou autres... Il espérait que ce ne fût pas trop long, afin de repartir et rentrer chez lui pour reprendre la lecture d'un livre passionnant qu'il avait commencé et interrompu brutalement pour se rendre au funérarium.

Simon bifurqua à gauche pour longer l'étang où s'ébattaient quelques colverts et un cygne solitaire qui semblait s'ennuyer. Il marchait en comptant les platanes alignés des deux côtés, sans savoir exactement pourquoi. Il arrive que l'on fasse des choses inhabituelles en de telles circonstances. Il prit à gauche pour traverser les allées bordées de tombes en lisant les noms gravés sur les pierres ; mais il ne connaissait aucune personne, sauf une.

Simon s'arrêta pour se tenir devant la tombe de ses parents. Enterrés ensemble sous la même pierre tombale. Décédés suite à la chute d'un arbre pendant une tempête. Ils étaient tous deux dans la voiture quand l'arbre était tombé et ils étaient morts sur le coup.

— Vous êtes plus près de moi à présent, dans ce cimetière que vous aimiez tant. Vous qui ne vous êtes jamais souciés de ma petite vie, insignifiante pour vous. Ce n'était pas un « accident » qui allait gâcher votre carrière musicale. Je comprends et je n'arrive pas à vous en vouloir. Ma vie a été belle sans vous, mais sans doute aurait-elle été meilleure à vos côtés. Peut-être quelques regrets, mais pas d'amertume. La mort nous a finalement rapprochés. Je n'ai aucune rancœur envers vous, vous avez mené la vie artistique que vous aviez choisie, mais en me laissant sur le bord de la route. Je vous ai tout de même offert un enterrement digne et une pierre tombale ornée de portées musicales rappelant votre vie antérieure. Avec le recul, je pense que nous aurions pu être heureux tous les trois, je le pense vraiment. Mais je n'ai pas à vous juger. Vous aviez pris votre décision bien avant ma venue et vous étiez adultes, pas moi. Vous avez tout de même mérité de reposer en paix côte à côte, comme vous l'avez été durant votre longue carrière sur scène. À bientôt !

Simon quitta la tombe de ses parents en bougonnant un peu, car il pensait à toutes les occasions et actes manqués avec eux.

Il arriva à un petit carré, entouré d'arbres et de bancs, où l'eau jaillissait d'une belle fontaine dans un clapotis apaisant. Après quelques pas, il rejoignit enfin l'endroit de l'inhumation. Comme Jan n'avait plus de famille, il y avait peu de monde pour cette cérémonie : des amis et quelques connaissances, sans doute. Un prêtre prononça quelques paroles apaisantes et complaisantes. Au moment de passer devant le cercueil, les seules personnes présentes jetaient une rose dans la tombe. Quand vint son tour, Simon s'adressa à Jan en jetant une pièce d'échecs : un roi. Le bruit, au fond de la tombe, fut amorti par la fine couche de fleurs déposées auparavant sur le cercueil.

— La partie n'est pas terminée, Jan ! Il y a encore beaucoup de coups à jouer avant que la partie soit achevée... Tu ne vas pas t'en tirer comme ça !

Les rares personnes présentes regardaient Simon, surpris par cette réflexion qu'ils trouvaient déplacée. Ils pensaient que la douleur l'égarait, sans doute, ou qu'il avait perdu la raison. Une jeune fille blonde aux yeux bleus le fixait. *Peut-être une descendante suédoise*, pensa-t-il. Ne s'en inquiétant pas outre mesure, il quitta les lieux tristement.

Sur le chemin du retour, il décida de faire une pause dans le petit carré vert pour retrouver son calme. Dans ce lieu trônait une fontaine d'où jaillissait une eau claire à la sonorité agréable qui rafraîchissait l'ambiance. Deux arrosoirs suspendus la tête en bas ornaient un support en fer. Les deux bancs installés là étaient libres. Il choisit de prendre place sur celui encore un peu sous le soleil. Hormis quelques tombes, ce carré de verdure était planté d'un immense magnolia à chaque coin. Leurs grandes fleurs roses tapissaient déjà le sol. La floraison très brève de ces arbres attirait de nombreux insectes pollinisateurs. Leurs nombreuses feuilles occasionnaient un ombrage bienvenu. L'endroit était propice à la méditation et à la pensée. La perte de son ami Jan lui avait provoqué des ecchymoses au cœur, une douleur très vive. Le deuil est un passage à vide que l'on remplit de réflexions.

Après la disparition de Jan, Simon fut vraiment convaincu d'être investi d'une mission, celle de transmettre. Il restait le seul pouvant passer le relais. Cela lui paraissait d'une importance primordiale. Quel que soit le domaine, la propagation du savoir devrait être une priorité absolue : il s'agit de transmettre la vie. De donner des conseils, montrer les gestes à ceux qui dissémineront le savoir ultérieurement. Il voulait, comme Jan avant lui, léguer ses connaissances aux nouvelles générations ; elles feraient de même après lui pour que la chaîne de la connaissance ne se brise jamais. Il était convaincu que l'efficacité de cette forme de transmission était supérieure à l'apprentissage théorique dispensé dans les écoles. Rien ne vaut la pratique avec une personne possédant le savoir tiré d'une grande expérience. Il connaissait des gens qui, comme lui, dans d'autres domaines, répandaient leur expérience avec beaucoup de succès. Le but est également de renforcer le lien social en entretenant un vrai dialogue, sans passer par un téléphone ou un ordinateur. Ce contact direct sera beaucoup plus enrichissant que d'employer un moyen électronique, et restera ancré plus longtemps dans la mémoire humaine que dans celle d'un disque dur. Nous ne sommes que de passage sur cette planète et cet instant doit être positif et utile.

Après un long moment, il sortit du cimetière et emprunta le sentier de l'Aubépine qui suivait son mur extérieur. Il croisa un couple avec un enfant en bas âge, dans un porte-bébé sanglé sur le dos du papa, qui semblait dormir profondément en émettant un léger bruit.

— Elle dort bien, fit Simon au papa porteur.

— Elle ronronne, répondit-il avec un sourire, sans s'arrêter.

Une bienheureuse ne connaissant pas encore les soucis de la vie, pensa-t-il. Il aurait bien aimé être à la place de cette petite fille, ne fût-ce qu'un instant, ne se préoccupant pas de ce qui l'entourait en gardant la tête lourde sur l'épaule de son père, les paupières closes.

27

Simon déambulait souvent très tard. Il reprenait ses errances nocturnes quand revenaient ses insomnies. Cela lui permettait de réfléchir afin de trouver des réponses à de nombreuses questions qui se bousculaient dans son cerveau. Certaines nuits, les solutions dégringolaient en nombre, telles les feuilles des arbres en automne. D'autres fois, il avait trouvé quelques éléments de réponse avant qu'elles ne s'envolent de son esprit. Il avait bien trop d'interrogations en tête, qui le torturaient sans pouvoir y remédier : un vrai capharnaüm. Cela restait une énigme insoluble. Parfois, un autre noctambule croisait sa route en le sortant de sa torpeur, mais seulement pour quelques instants furtifs. À peine la personne hors de vue, le calvaire reprenait de plus belle et s'amplifiait parfois.

28

Après le choc de la disparition de Jan, Simon mit plusieurs jours avant de rendre à nouveau au dépôt désaffecté. Bien sûr, rien n'avait bougé. Il prit son portable et photographia le jeu d'échecs, mit les pièces dans un petit sac de toile avant de récupérer l'échiquier et de retourner au cimetière. Arrivé sur la dernière demeure de Jan, il posa l'échiquier sur la terre fraîchement retournée en écartant un peu les rares fleurs posées là. Il sortit le petit sac de toile de sa poche, et disposa les pièces sur l'échiquier à l'aide de la photo de son téléphone. Il vérifia que tout soit bien en place.

— Voilà, c'est bon ! C'est à ton tour de jouer, Jan ! N'en profite pas pour tricher ! Je te fais confiance ! À demain !

Simon dérapa sur le gravier au moment de partir, et ce bruit fit s'envoler une nuée de corbeaux croassant bruyamment.

29

L'histoire de Simon et Solveig semblait prendre la bonne direction. Ils se voyaient de plus en plus souvent. Il lui raconta brièvement la disparition de son ami Jan, sans lui préciser que la partie d'échecs continuait. Elle l'aurait pris pour un fou et peut-être mis fin à leur relation. Il ne voulait pas prendre le risque de la perdre. Après une soirée au théâtre, où ils avaient vu une pièce de Molière, Solveig était très émue par le spectacle et le talent des comédiens. Simon la raccompagna jusque devant sa porte, qu'elle lui ouvrit. Arrivé dans l'appartement, Simon observa la déco des différentes pièces avant de s'exprimer.

— Des fleurs ! Encore et toujours des fleurs !

— Eh oui, c'est mon environnement.

— Tu n'as pas l'impression de travailler quand tu es chez toi ?

— Non, même dans ma boutique, je n'ai pas l'impression de travailler. C'est une vraie passion.

— Une fleur dans les fleurs…

Solveig se tourna vers Simon.

— Tu veux boire quelque chose ?

— Oui… Toi ! Je veux boire à ta source.

Solveig enveloppa Simon de ses bras et l'entraîna dans la chambre. Elle l'embrassa tout en passant ses mains sous son ticheurte. Simon répondit à ses caresses tout en continuant de l'embrasser. Au bout d'un moment, ils n'étaient vêtus que de leur peau.

— Tu as la peau si douce, comme un pétale de rose.

— La tienne aussi procure une sensation très agréable.

Solveig tremblait de désir. En s'allongeant, ils se firent face tout en continuant les caresses du bout des doigts sur tout le corps, ce qui la fit frissonner plus encore. Ils étaient tous deux très excités par cette première étreinte qui s'avérait être d'une exceptionnelle intensité. La volupté de l'extase les fit décoller ensemble dans de grands cris de plaisir. Ils eurent du mal à se remettre de cette explosion et se retrouvèrent inertes sur le lit défait, main dans la main. Simon se pencha sur elle.

— Tout va bien, ma douce ?

— J'ai du mal à revenir sur terre après cette déflagration.

— Pour moi aussi, c'était très fort.

Ils restèrent un moment en silence. Seuls leurs souffles courts étaient perceptibles dans le silence de la nuit. Solveig et Simon passèrent leur première nuit ensemble…

Au matin, ils décidèrent de se connaître un peu mieux.

Après que Simon eut terminé de lui raconter son parcours de vie, comme il l'avait fait avec Jan, il demanda à Solveig de lui parler d'elle. Elle acquiesça en entamant un long monologue pour raconter sa vie, sous son regard attentif.

— Mes parents étaient agriculteurs à Quatzenheim, dans le Kochersberg. Ils cultivaient essentiellement du blé et de l'orge. Dans notre ferme, il y avait une vingtaine de vaches laitières de race vosgienne, des moutons et quelques chèvres. Et comme partout, des poules, des canards et un certain nombre de lapins. Comme ils se reproduisent très vite, nous n'avons jamais su exactement combien nous en avions. Un jour de grande chaleur, mon père avait pris le vieux tracteur pour récupérer les balles de foin de notre champ avec notre voisin dont le tracteur était équipé d'une fourche pour les monter sur la remorque en rangs serrés. Plusieurs balles étaient déjà posées sur la remorque. Il aura suffi d'une étincelle pour que le tracteur de mon père s'enflamme instantanément. Mon père, surpris par la soudaineté de l'incendie, n'eut pas le temps d'en descendre. Le voisin, abandonnant son tracteur, courut au secours de mon père, mais la chaleur était si intense qu'il ne put s'approcher de l'engin en feu. Il était trop tard pour essayer de le sauver, il était impuissant. Il appela les pompiers et remonta sur son tracteur pour redescendre les balles de foin encore intactes de la remorque, pour les poser loin du sinistre : il fallait que les bêtes aient du fourrage pour l'hiver. Ce n'est qu'après, alors que les pompiers étaient déjà à l'œuvre pour éteindre l'incendie, qu'il appela ma mère pour lui annoncer la mauvaise nouvelle. Elle pleura tout son soûl pendant plusieurs jours sans discontinuer, tant elle était inconsolable. Ils s'étaient connus très jeunes et ne s'étaient jamais séparés depuis. Ma mère est morte de chagrin trois semaines après. Après le décès du père, ma petite sœur, la complice avec qui j'avais fait les quatre cents coups, est revenue en France pour l'enterrement et toutes les paperasses à remplir. Izia habitait en Espagne, à Figueras, près de la frontière française. Son appartement se trouve près du musée de Salvador Dali qu'elle admire tant. Elle s'était installée là-bas, avec son compagnon professeur d'espagnol, après une licence d'espagnol ; elle est guide touristique pour le musée et sa région, notamment Cadaquès où la maison de l'artiste catalan est devenue un musée après sa disparition en 1989. Le pape de la peinture surréaliste est né et mort à Figueras, en Espagne. Izia ne pouvait pas vivre ailleurs que dans cette ville qui sentait le surréalisme dalinien où que l'on aille. Contrairement à moi, elle a toujours gardé sa chevelure couleur de miel.

Pendant que nous réfléchissions au devenir de la ferme, notre mère s'éclipsa sans crier gare. Nous l'avons découverte au moment de nous mettre à table. N'ayant pas de réponse à nos sollicitations, nous sommes montées dans sa chambre et l'avons découverte sans vie, allongée sur son lit, victime d'un AVC. Elle avait l'air sereine. Ses yeux étaient encore remplis de larmes. Elle n'a pas supporté l'absence de son mari et ne voyait pas comment vivre sans lui.

La passion de ma mère était surtout les fleurs. Passion qu'elle m'a transmise depuis toute petite. Une fois la ferme vendue, je me suis formée au métier des fleurs pour monter un jour ma propre boutique. Strasbourg me semblait tout indiqué pour cette activité. J'ai eu la chance, après avoir obtenu mon diplôme, de trouver ce magasin dont la gérante partait à la retraite. Et me voilà !

Simon était ravi de cette histoire, même triste.

— On pourrait aller voir Izia, un de ces jours ?

— Pourquoi pas, répondit-elle en l'embrassant.

30

Quand Simon arriva sur la tombe de Jan le lendemain, il s'aperçut tout de suite qu'une pièce a été avancée.

— Bien joué, Jan !

Simon s'accroupit et réfléchit un moment avant d'avancer une pièce à son tour.

Tous les jours, selon le même cérémonial, Simon revenait sur la tombe de Jan où l'une des pièces blanches avait été jouée.

31

Un jour où il avait un peu temps devant lui, après avoir joué son coup, Simon se promenait entre les tombes du cimetière afin de lire les épitaphes et les dates de naissance et de décès des locataires du sous-sol. La plupart avaient l'âge honorable des personnes ayant eu une longue vie, contrairement à d'autres très courtes. Il lut sur une tombe d'une femme *Morte pour la France*, les dates indiquant que cette personne, héroïne de la Résistance, avait plus de cent ans au moment de son départ. *À notre chef. Le réseau Renard*, était son épitaphe, offerte par ses camarades de résistance, sans doute.

— Un siècle de vie ! Elle a dû en voir des choses, et en faire aussi ! Née en 1898 et décédée en 2000, elle a dû traverser les deux guerres mondiales sans encombre pour mourir en paix ensuite. Elle en avait des choses à raconter, en espérant qu'elle y soit parvenue avant de perdre tous ses souvenirs. À la fin de la guerre, il y avait des personnes qui n'arrivaient pas à raconter ce qu'elles avaient vécu, voulant oublier au plus vite toutes les horreurs du conflit, alors que d'autres n'avaient cessé de transmettre les histoires dont elles se souvenaient pendant de nombreuses conférences dans les écoles pour les générations futures, afin que jamais les erreurs du passé ne se reproduisent.

Une autre tombe, plus petite, l'informa de la courte vie de Christian, décédé à peine deux ans après sa venue au monde. On imagine l'immense douleur des parents de perdre un enfant en bas âge. En se dirigeant vers la sortie, il vit une grande haie entre deux tombes. Il s'approcha pour s'apercevoir qu'il s'agissait d'un immense bosquet de romarin de plus d'un mètre de haut et en fleurs, à cet endroit. Comment était-il arrivé là ? Nul ne connaît la réponse sans doute. Son rôle était peut-être de répandre son parfum délicieux à tous les habitants du lieu, sa bonne odeur rappelant la vie et les bons petits plats que tous avaient dû déguster un jour. Il ne put s'empêcher d'en cueillir une petite branche en la portant à son nez pour la sentir pleinement, en espérant que les locataires des lieux ne lui en voudraient pas trop.

32

Quand Simon revint sur la tombe quelques jours plus tard, il était admiratif.

— De mieux en mieux, Jan !

Simon réfléchit longuement. Il hésitait.

— Je sais ce que tu vas me dire, Jan : *Observe bien le roi !* Oui, je sais, je sais... J'ai bien compris !

Tout d'un coup, Simon entendit des bruits de pas rapides sur le gravier. Il leva la tête, mais le bruit cessa.

— Un chat, sans doute ! Miaou ! Viens, viens Minou !

Simon regarda autour de lui sans apercevoir de chat et revint au jeu. Il avança sa pièce et s'en alla.

— Salut Jan, à demain !

33

Le lendemain, Simon, en pleine concentration avec Jan devant l'échiquier, entendit à nouveau des bruits de pas dans le gravier.

— C'est toi, Jan, qui essaie de me déconcentrer ? Ce n'est pas fair-play !

En levant les yeux, Simon aperçut une petite silhouette blanche se déplacer rapidement entre les tombes, sans pouvoir l'identifier. Il posa sa main sur son ventre en grimaçant. Il sentit une petite douleur provoquée par l'angoisse du moment.

— C'est peut-être le fantôme de Jan qui disparaît après avoir joué ? Non, je ne crois pas aux fantômes. C'est ridicule.

Il repartit doucement avec inquiétude, après avoir avancé une pièce, avec un léger doute. Il regarda de tous les côtés, pour être sûr de n'avoir pas rêvé.

34

Simon redoutait son rendez-vous du lendemain avec son médecin, avec raison. Il avait un mauvais pressentiment. Le médecin l'informa des résultats des radios, scanners et IRM.

— Je vais être direct avec vous, monsieur Miller, vous avez une tumeur maligne au cerveau, malheureusement inopérable.

Simon se liquéfia sur sa chaise, au bord des larmes.

— Je vais vous prescrire un traitement qui, peut-être, sera une bonne solution.

— Vous pensez qu'il me reste combien de temps ?

— Je ne peux pas me prononcer, un mois, un an... Cela dépend de la réussite du protocole de soins que vous allez suivre. Il vous évitera de souffrir, en tout cas.

Le regard du médecin n'était pas vraiment rassurant. Il se dit que cette dernière tentative de s'en sortir serait sans doute la bonne ! Enfin, peut-être...

Il sortit du cabinet médical complètement atterré ! Il resta collé à la porte et parla tout seul :

« Il n'a pas pu se prononcer sur mon espérance de vie, mais je pense que mes jours sont comptés... Il devient encore plus urgent de transmettre... »

Il pensa très fort à Jan qui lui avait transmis tant de savoir qu'il fallait maintenant transmette à son tour, sous peine de perdre de nombreuses connaissances. Il lui fallait trouver une personne et lui léguer son expérience, mais qui ?

35

Simon se demandait s'il allait en parler à Solveig.

— Cela la rendra triste, assurément. Mais je me dois d'être honnête envers elle. Inutile de faire des plans sur la comète. Je verrai bien sa réaction.

À la fin de la journée, il se rendit au magasin alors qu'elle fermait à clé et descendait le store métallique sans l'apercevoir tout de suite.

— Bonjour, belle dame !

En se retournant, elle vit Simon avec un air triste.

— Bonjour mon chéri. Un problème ?

— Il faut qu'on parle, Solveig, dit-il d'un ton grave.

Elle lui lança un œil inquiet, le fit monter dans son appartement et se mit en face de lui, avec un regard rempli de questions.

— C'est grave ?

— Oui. Je préfère être franc avec toi et ne rien te cacher. Mon médecin vient de m'annoncer que j'ai une tumeur au cerveau, inopérable… et qu'il me reste peu de temps à vivre.

Solveig était sous le choc de cette horrible nouvelle, déconcertée.

— Mais… Il y a certainement un traitement?

— Non, il n'existe aucun traitement pour guérir, malheureusement. Je vais suivre un protocole de soins pour éviter de souffrir, mais pas certain que cela suffise…

Solveig accusa le choc de cette révélation et le fixa dans les yeux.

— Nous allons nous battre ensemble, Simon. Notre histoire ne peut pas se terminer ainsi.

— Il va falloir que tu te fasses à l'idée.

Solveig avait du mal à accepter l'inéluctable et mit un long moment avant de prendre la parole.

— Si tu le veux, nous allons vivre chaque jour intensément pour faire reculer l'échéance le plus possible.

— Tu es une femme merveilleuse, Solveig. Je suis tellement fier de te connaître.

— Nous avons encore de belles choses à vivre, crois-moi.

— Et nous allons les vivre ensemble.

Elle se lova dans ses bras en le serrant très fort, laissant échapper quelques chaudes larmes qui lui inondaient l'épaule. Ils passèrent la nuit ensemble, serrés l'un contre l'autre sans mot dire.

36

Au cimetière, en pleine concentration, Simon était à nouveau troublé par le même bruit que la veille. Puis, un son plus sourd... Et le silence revint. Un petit cri plaintif arriva aux oreilles de Simon. Il se leva, et se dirigea en direction de la plainte. Derrière les tombes il découvrit une fillette assise sur le gravier et se tenant la cheville.

— Tu t'es fait mal ?

La fillette hésitait et regardait Simon avant de répondre. Dans le doute, elle s'interrogeait :

« Qui est cet homme, je ne le connais pas. Est-ce que je peux lui parler, lui faire confiance ? On m'a toujours appris à ne pas parler aux inconnus. »

La fillette se redressa un peu en tenant toujours sa cheville. Elle tenta malgré tout de prendre le risque de lui répondre, mais timidement.

— Non, juste un peu tordu la cheville, mais ça va !

— Tu es certaine que ce n'est pas grave ?

— Mais oui, je ne suis pas en sucre !

— Qui es-tu ?

— Je suis la petite-fille du gardien. Comme j'ai plus de parents, c'est lui qui me garde ! Je viens au cimetière tous les jours après l'école, mais aujourd'hui, c'est mercredi. Je m'appelle Luna Delarme. Et toi ?

— Je m'appelle Simon. Simon Miller. Enchanté Luna ! Tu joues à cache-cache entre les tombes ?

— Ben non... Je joue avec toi !

Simon restait dubitatif. Il tentait de comprendre et hésitait un peu.

— Alors... C'est toi, mon adversaire aux échecs ?

— Ben oui ! J'ai vu que les pièces noires étaient jouées, j'ai donc pris les blanches.

Simon était surpris de voir en cette petite fille son adversaire.

— Tu joues depuis longtemps ?

— Depuis deux ans environ...

— Tu te débrouilles pas mal pour une débutante, dis donc !

Luna était une petite fille espiègle et rieuse, une chevelure rousse bouclée et des yeux verts, d'une dizaine d'années. Orpheline, elle vivait avec son grand-père, le gardien du cimetière.

162

Luna se releva avec un grand sourire et s'essuya les mains sur ses vêtements. Elle avait tout de même les genoux et les coudes éraflés qui saignaient légèrement.

— On continue la partie ?

— D'accord, mais pas ici ! On peut aller chez mon papi, si tu veux ! Il va me soigner et on pourra continuer à jouer. Il habite dans la maison des cimetières, juste à l'entrée… Je pense qu'il sera d'accord.

— S'il est d'accord, je te suis.

Simon fit une photo de la partie en cours et remballa l'échiquier avec les pièces. Ils partirent ensemble vers la maison du grand-père de Luna.

37

Au bout de quelques dizaines de mètres, Luna et Simon se retrouvèrent dans l'appartement d'Ernest Legendre. Le grand-père maternel de Luna les accueillit volontiers, bien qu'effrayé à la vue des genoux en sang de sa petite-fille.

Ernest Legendre était toujours en bleu de travail, une casquette vissée sur sa tête dégarnie. À plus de soixante ans, il avait la démarche un peu voûtée, mais il restait toujours de bonne humeur.

Il était tout de même inquiet quand il vit l'état de Luna.

— Comment es-tu arrivée à ce résultat, Luna ?

— Je suis tombée en courant, mais ce n'est pas grave, papi. Juste un peu mal à la cheville et un peu les genoux et les coudes éraflés, c'est tout !

— Et ta robe, tu vas vu dans quel état elle se trouve ?

— Ce n'est pas grave, il suffit de la laver !

Ernest fit la moue avant de regarder le ciel et de les inviter à entrer.

— Rentrez vite, il va pleuvoir !

Luna et Simon entrèrent dans la maison d'Ernest Legendre.

— Combien de fois t'ai-je dit de ne pas courir dans les allées ? On ne court pas sur le gravier. Encore moins quand on joue aux échecs ! Laisse-moi voir ça !

Ernest se tourna vers Simon en lui tendant la main.

— Bonjour ! Luna m'a déjà parlé de votre partie d'échecs. Elle se débrouille déjà bien, hein ?

— Oui, bonjour ! Pour son âge, elle sait bien se défendre. Mais je vais encore lui montrer des coups pour évoluer... Si vous permettez !

— Oui, bien sûr ! Prenez place à la table du salon, je vais m'occuper de sa cheville et la changer pour que vous puissiez reprendre votre partie.

— Merci beaucoup, c'est très gentil de nous accueillir chez vous.

— C'est normal, depuis que ma femme est décédée il y a quinze ans, Luna est ma seule famille !

Simon s'installa à la table du salon, posa l'échiquier et mit en place les pièces à l'aide de la photo, pour pouvoir continuer la partie là où elle s'était arrêtée.

En attendant que Luna se fasse soigner par son grand-père et change de vêtements, Simon décida de se lever pour jeter un coup d'œil dans sa chambre dont la porte était restée grande ouverte. De grandes lettres colorées indiquaient le nom de la propriétaire du lieu. Il y avait également un message clair signalant une zone minée. Une impression de capharnaüm envahit Simon à la vue d'un lit défait, avec une couette colorée aux images de la Reine des Neiges, sans doute ses personnages favoris. Une étagère recouverte de livres et de quelques bibelots complétait cette chambre pas très rangée, avec des jouets au sol s'étalant partout au point de rendre difficile l'accès au lit ou à l'armoire à vêtements. Simon resta sur le seuil, n'osant pénétrer dans ce terrain privé sans y avoir été invité. L'impression générale que donnait la chambre était d'être le résultat d'une explosion. Il ne prit pas le risque de s'aventurer en terre inconnue.

Luna arriva derrière lui. Elle était habillée d'un bermuda rouge et d'un ticheurte vert orné d'une chouette jaune ; elle était décorée de sparadraps sur les coudes et les genoux, avec une bande élastique à la cheville.

— Tu es guérie ?

— Presque !

Simon était ravi que ses blessures ne soient que superficielles.

— Tu peux entrer, si tu veux...

— C'est que j'attendais d'avoir ton autorisation pour y pénétrer, mais je ne sais pas trop où poser mes pieds sans marcher sur un jouet, au risque de me blesser.

Luna souleva le coin d'un tapis pour faire glisser les jouets d'un côté de la chambre et permettre à Simon d'entrer sans encombre.

— Voilà, dit-elle en laissant retomber le tapis, tu peux t'asseoir sur le lit, si tu veux.

— Ton rangement est très efficace, bravo ! dit-il en souriant.

Simon vérifia tout de même qu'aucun obstacle ne se présentait sur ce nouveau chemin et fit quelques pas pour s'installer sur le bout du lit.

— Elle est belle, ma chambre, fit Luna en prenant place à côté de Simon.

— Oui, c'est vrai. J'adore ta chambre !

Un grand sourire vint s'afficher sur le visage de Luna suite à cette remarque. Elle se pencha vers sa table de nuit où une ribambelle de petits personnages entouraient une lampe en forme de clown. Elle ouvrit le tiroir d'où elle extirpa une boîte métallique qui devait contenir des biscuits bretons et la posa sur ses genoux.

— Je vais te montrer ma boîte magique.

— Une boîte magique ? J'adore !

— Oui, parce que dans cette boîte, il y a plein de souvenirs de mes parents. Ils m'ont laissé des sourires, des odeurs sur les photos que je regarde quand je ne vais pas bien.

Elle ouvrit doucement et méticuleusement le couvercle pour augmenter la portée symbolique du geste et faire grandir le mystère du secret qu'elle contenait.

— Ces photos me rappellent mes parents que j'ai perdus quand j'étais petite. Elles m'aident à me rapprocher d'eux quand mes souvenirs sont un peu flous.

Elle lui montra une première photo.

— Tu vois comme ils étaient beaux !

— Et visiblement heureux, aussi !

— Oui, mon papi m'a dit qu'ils s'aimaient très fort !

— Cela se voit sur les photos.

— Il y en a une que ma maman avait parfumée, mais elle ne sent plus beaucoup...

Elle sortit des photos où le couple posait devant la mer ou à la montagne.

— Et là, dit Luna, assise au milieu de mes parents, avec des lunettes de soleil et un petit chapeau, ben c'est moi !

— Tu étais déjà très belle !

— Et je n'avais que quelques années, tu imagines ?

Cette réflexion fit sourire Simon.

En remettant le nez dans la boîte, Luna commenta ses découvertes.

— Il y a aussi un petit bracelet de naissance, une broche de maman et leurs alliances. Ce sont les seuls objets qui me restent d'eux.

Elle rangea les objets au fond de la boîte, les photos par-dessus avant de la refermer cérémonieusement pour la remettre dans son tiroir. Après quelques moments pour se remettre de ses émotions, elle se tourna vers Simon.

— Bon, on continue la partie ?

— Allez, soyons fous, ajouta-t-il pour la faire sortir de sa torpeur.

Ils se levèrent ensemble et sortirent de la chambre pour s'installer devant l'échiquier.

— Bien. C'est à toi de jouer, Luna !

— Oui, je sais...

Pendant que Luna réfléchissait, Simon lui apprit un nouveau coup.

— Je vais te montrer une attaque double que l'on appelle *La Fourchette*. Comme tu as les Blancs, tu peux gagner le Cavalier noir en déplaçant ta Tour en D3 vers D6.

Luna fit une moue parce qu'elle trouvait que c'était compliqué. Elle n'était pas certaine d'avoir bien compris les subtilités de cette attaque.

— Ce n'est pas simple !

— Oui, je sais, mais il faut que tu restes concentrée... Simon lui expliqua une nouvelle fois cette attaque.

38

Simon se rendit compte assez rapidement que Luna avait du potentiel pour perpétuer la mission de transmission. Il était désormais certain qu'elle était la bonne personne pour continuer la chaîne du savoir. Elle réagissait bien aux explications, comprenant tout de suite la logique et la tactique de chaque coup des échecs. Il était persuadé qu'elle serait capable de lui faire suite après sa disparition, ce qui le rassura. Il était soulagé d'avoir enfin trouvé quelqu'un pour poursuivre l'importante mission qu'il avait entamée avec Jan. Il était serein et pensait pouvoir partir tranquille : la relève était assurée.

39

Simon vit que Luna était concentrée sur le jeu.

— Pour le coup suivant, observe bien le roi !

Luna regarda Simon sans comprendre. Son regard passait plusieurs fois de l'échiquier à Simon. Simon répéta avec un regard appuyé.

— Observe bien le roi, Luna, c'est important !

Simon expliqua à Luna un autre coup appelé *Le Clouage*.

— Ta tour blanche peut mater en un coup en jouant F8 : tu comprends ?

— Je crois, oui... En un seul coup ?

— Oui, en un seul coup tu peux clouer sur une case qui n'est pas défendue.

À un moment, ils furent dérangés par Ernest Legendre.

— Je vais faire de la tarte flambée, vous restez avec nous, Simon ?

Sans attendre la réponse de Simon, Luna répondit à sa place.

— Oui ! Allez, dis oui !

Simon était ravi de la réaction de Luna.

— Si vous insistez, j'accepte volontiers. Merci beaucoup.

— Oui, super !

Luna était ravie qu'il reste dîner avec eux et exprimait sa joie de façon ostentatoire, comme tous les enfants de son âge.

— Je vous en prie, quand il y en a pour deux, il y en a pour trois !

Simon était enchanté de pouvoir continuer la soirée entre Luna et son grand-père. Il préférait ne pas donner trop d'explications d'un coup à Luna, de peur que cela fasse un peu beaucoup et qu'elle ne retienne pas toutes les informations. À chaque jour suffit sa peine. À peine la première tarte posée sur la table, Ernest la découpa en huit parts égales et deux mains se servaient déjà pour les enfourner dans leur bouche gourmande.

— Votre tarte flambée est vraiment excellente ! Bravo !

— Oh, ce n'est rien : de la crème, des oignons et des lardons sur une pâte fine !

— Mais quand même, elle est très réussie !

— Je vous remercie ! Comme Luna adore ça, il m'arrive d'en faire assez souvent. La preuve, elle ne parle plus ! dit-il en riant.

Il est vrai que Luna adorait cette tarte alsa-
cienne au point de s'en mettre un peu sur les joues
et sur le menton sous le regard de Simon et de son
grand-père.

— Essuie-toi un peu, tu en as jusqu'aux oreilles !
Tu es un vrai goinfre ! On dirait que tu n'as pas
mangé depuis plusieurs jours !

Luna bougea la tête de haut en bas en signe
d'approbation. Ce qui fit rire les deux hommes.

— Mais, papi, c'est tellement bon !

Elle prit sa serviette pour s'essuyer le visage
jusqu'à la prochaine bouchée où elle en remettait
une couche, ce qui les fit sourire tous les trois.
Après ce délicieux repas, Simon les quitta à regret
en promettant de revenir le lendemain.

40

Le jour d'après, Simon expliqua à Luna une variation du *coup du Berger*, pour mater en quatre coups. Il laissa Luna commencer par les blancs.

— Je vais t'expliquer *le coup du Berger* en quatre coups. Ouvre par exemple en avançant le pion E2 en E4.

Simon répliqua avec un pion noir en E5.

— Maintenant, ton fou en F1 se déplace en C4.

Simon avança son fou en C5.

— Déplace ta dame en H5.

Luna s'exécuta et déplaça sa dame.

— Je déplace mon cavalier C6 en F6. Tu vois ?

— Je pense que si je déplace ma dame en F7, cela bloque ton roi, et tu es échec et mat. Non ?

— Exactement Luna, je vois que tu comprends vite ! Tu as déjà de bonnes bases !

Le rituel, immuable, était identique à celui entamé avec Jan. Ils jouaient quotidiennement des coups de base. Luna était une élève assidue et vraiment très douée. Simon était certain d'avoir enfin trouvé la personne à qui transmettre son expérience.

41

Les jours avec Solveig étaient intenses, pleins de vie, de randonnées, de rires et d'amour. Ils sortaient le plus souvent possible au cinéma, au concert et aux expositions. Quand Simon dut être hospitalisé, Solveig lui rendit visite tous les jours. Tombé rapidement dans le coma, il n'était plus qu'un corps inerte mais elle continuait à lui parler, les médecins l'ayant informée qu'il l'entendait. Elle espérait qu'il se réveille un jour. Elle lui tint la main jusqu'à la fin. Quand elle sentit que la vie l'avait abandonné, elle laissa le personnel s'affairer autour de son homme et quitta l'hôpital, le visage rougi et déformé par la douleur, inondé de larmes. Elle pensait que ce n'était pas juste de perdre son amour après quelques mois de relation. Malheureusement, elle dut se faire à l'idée pour recommencer à vivre sans Simon. Elle mit très longtemps avant d'arriver à retrouver une vie normale, seule…

42

Un jour où Simon était absent. Luna était impatiente. C'était à elle de jouer. Elle se trouvait dans la position du *coup du Berger*. Elle pensait gagner la partie.

— Dis, papi, tu crois que Simon va venir ?

— Oui, il a un peu de retard, mais ce n'est pas si grave ! Mais… C'est à qui de jouer ?

— À moi… Mais je préfère attendre que Simon soit là… Et s'il avait oublié ?

— S'il a oublié ma petite-fille, je vais lui tirer les oreilles !

— Non, papi ! Si tu les tires trop fort, il va ressembler à un lapin !

Les deux riaient de bon cœur, fiers de leur jeu de mots. Luna s'inquiétait tout de même de l'absence de Simon. Son regard fit le tour de l'appartement en regardant les photos souvenirs de ses parents, de sa grand-mère qu'elle n'avait pas connue. Elle les trouva tellement beaux que leur absence lui pesa encore plus. Elle se levait souvent pour aller à la fenêtre à chaque bruit de voiture passant devant l'entrée du cimetière.

— J'espère qu'il ne lui est rien arrivé de grave !

— Mais non, il va venir pour terminer votre partie, tu verras !

Luna alla se rasseoir devant l'échiquier, et comme c'était à son tour de jouer, elle se décida finalement à avancer une pièce sans attendre plus longtemps. Elle se rappela les paroles de Simon sur le coup du Berger :

« Observe bien le roi, c'est important ! »

Luna déplaça sa dame en F7, en bloquant le roi de Simon, il était échec et mat. Elle fit tomber le roi. En l'observant, elle le prit dans sa main pour en extraire un petit rouleau de papier se trouvant dans le socle de la pièce de bois. Elle déroula le petit papier, le lut, et son visage s'illumina !